22 febbraio 2020 – Il meme

Una mappa dell'Europa divisa in stati colorati. Una zona rossa che, partendo dal Nord Italia, proiettava delle frecce, anch'esse rosse, verso Svizzera, Austria e Germania. Due bande nere orizzontali, sopra e sotto. La prima, con carattere Impact, diceva: BASTA UNO STARNUTO. La seconda, stesso font: E CE RIPIGLIAMM' TUTT' CHELL CHE È 'O NUOST.

Roberto non aveva seguito con particolare passione la serie Gomorra (troppa violenza, e il napoletano stretto gli rendeva difficile seguire gran parte dei passaggi), ma avrebbe scommesso che la battuta stava lì. Non rise, in ogni caso. Scorse verso il basso la Home di Facebook, notò distrattamente un gattino che vomitava e fu poi informato che a soli 39,99€ avrebbe potuto portarsi a casa uno splendido beauty dish, indispensabile per dare ai tuoi ritratti quel tocco di classe che stai cercando. Assolutamente. Ci fece un pensierino, finì di fare quello che stava facendo e si affrettò a vestirsi e recuperare i bagagli: il taxi lo avrebbe aspettato ancora per dieci minuti. Lo stesso non si poteva certo sperare per l'airbus A320 che avrebbe dovuto caricarlo a Malpensa e scaricarlo ad Amsterdam, massimo per le 8:50am.

23 febbraio – Fashion week

«Ma certo amo! Non preoccuparti! Ci parlo io, lo convinco. Sai che a me non può dire di no. Beh, dopo quello che ho fatto a dicembre! Tranqui, tu consideralo già risolto, ok? Dai, bacini! Ciao amo!».

Mavaffanculo, pensò Martina, quasi schiaffeggiandosi mentre chiudeva la chiamata dai suoi Airpods. Ansimava, se non per lo stress, almeno per la corsa. Una cosa leggera, tanto per tenersi in forma. Easy. Febbraio regalava ad un'attonita Milano giorni di sole sincero ed imprevisto; tanto valeva approfittarne. Perché no? Clima perfetto per gli eventi in programma: la sfilata outdoor delle ragazze della v-log community, il workshop #LoveYourBody, e il progetto #CutWithViolence, movie autoprodotto e girato tutto con gli smartphone.

Rihanna tornò ad intonare la sua Diamonds a volumi esagerati, mentre Martina scendeva lungo la Darsena a passo sostenuto, gettando un'occhiata fugace all'Apple Watch, tanto per controllare i battiti. Fino a lì tutto bene. Pensò di fermarsi per scattare qualche selfie, ma il sole era già troppo alto e le avrebbe marchiato delle borse imbarazzanti sotto gli occhi. Continuò a correre, lasciando navigare i pensieri tra gli impegni da organizzare e la sua salute. Lo shooting con l'americano e il risultato delle analisi. Il workshop di Model Coaching e il suo cuore che pompava regolare. L'articolo per il blog e la cartella clinica nel cassetto. Chissà poi se Bogue le aveva inviato quell'intimo; doveva risentirli. Certo però, che botta! Non avrebbe neanche mai pensato di doverlo ammettere, ma le analisi la spaventavano, eccome. Una semplice visita di routine per il rinnovo dell'abbonamento alla Fitgym. Una pura formalità: lo scalino del cavolo da quaranta centimetri, trenta step al minuto per trenta minuti. Alla fine affannava, ma si sentiva bene. Aveva scherzato con il medico, forse aveva persino flirtato un po'. Era giovane e carino. Va detto che anche Martina si teneva benissimo. Bastava annotare gli sguardi malcelati dei maschietti sui marciapiedi della Darsena, mentre correva con il petto che si gonfiava e sgonfiava, e i glutei che scivolavano tonici sotto gli short, ritmici, armonici.

E il medico era giovane e carino. Credeva di aver preso un caffè con lui, in un altro momento della sua vita. Forse si sbagliava. Chissà. In ogni caso, finito l'esame, gli occhi che prima la spiavano un po' piacioni si erano fatti seri e professionali.

Occazzo

«Marti, c'è un lieve rigurgito mitralico»

OCCAZZO
«Nulla di cui preoccuparsi»
Allora perché me lo dici con quel tono?
«È quello che chiamano *soffietto*»
Cosa cazzo è il soffietto?
«Ehi, cos'è quella faccia? Tranqui Marti, va tutto bene!»
«Ma quindi... posso venire in palestra?»
«Puoi venire in palestra, non sovraccaricare e vacci piano. Ti firmo una cosa per l'Eco-Color-Doppler. Fallo al più presto e portamelo, così ti firmo anche l'idoneità».
non sovraccaricare non ho l'idoneità vacci piano
ecocolorche?

Martina aveva preso il foglio con aria attonita, vagamente imbambolata. I pensieri avevano iniziato a correre ad una velocità folle, quasi tangibili, colorati, come strisce di luce malleabile. Era scesa in strada ed aveva ripreso fiato: non lo faceva dal momento della notizia. Aprì Chrome e cercò "rigurgito mitralico". Wikipedia le confuse le idee ancor di più. Aveva socchiuso gli occhi e respirato a fondo
quella che aveva sentito era forse una fitta nel petto?
e aveva soppesato il da farsi
sono praticamente vegetariana
mangio solo pesce azzurro
abbondo di frutta e verdura
niente zuccheri
zerozero carboidrati
non mangio niente che sia rosso
ecocolorche??

Digitò nervosamente e trovò Eco-Color-Doppler. La sua parte razionale riaffiorò solo quando avvertì il brivido di una folata di vento sul collo. Fu come un bacio gelido, una scintilla, ma la indusse a cercare il centro cardiologico più vicino; cliccò Chiama Ospedale e chiese quali fossero i tempi per l'esame.
«Tre mesi con la mutua, signora»
Signora un cazzo

«E a pagamento?»

«Può venire anche domani. Le fisso l'appuntamento con il dottor Monviso per le 15.00?»

«Sì, certo. Mi sa dire i costi?»

«277, signora»

Ho detto Signorauncazzo

«D'accordo»

«Le consiglio di venire una mezzora prima, perché ci sarà da aspettare. Nel frattempo, faccia la registrazione online per avere la tessera ed accelerare le pratiche. Troverà anche molti vantaggi, come una forte scontistica per un total screening entro maggio. D'accordo? Buongiorno».

Martina restò a guardare l'iPhone, di nuovo imbambolata. Pensò di avvisare sua madre.

non ce n'è motivo

non c'è bisogno di allarmare nessuno

24 Febbraio – In gabbia

Era dentro. Ogni mattina, quando si svegliava, era dentro. Esisteva un istante, un brevissimo secondo preciso, in cui non ci credeva. Un secondo in cui non realizzava di essere dentro. Immaginava Villasanta, vicino al Tennis Club, dove aveva avuto la fortuna di trovare casa. Si svegliava e l'odore del caffè di Imma s'impossessava delle sue narici, gli cullava le palpebre, e il sole s'intrufolava dalle tende di lino bianco, e Billy gli faceva le coccole, volendone in cambio, e scendeva a fare colazione, baciava Imma (senza mancare di sbirciarle la scollatura o di pizzicarle un fianco), e portava Billy al parco, e tornava a casa e faceva l'amore con Imma, e se ne aveva voglia lavorava un po', poi il pranzo, una passeggiata, forse un thriller, una Skype Call con gli inglesi e po' di palestra, l'aperitivo delle 18, a cena fuori, e dormire abbracciati sul divano, con Netflix che chiedeva se stesse ancora guardando. In quel solo secondo tutto era ancora bello. Molto.

Quel secondo poi passava. E Luca apriva gli occhi. Sei anni e otto mesi di reclusione per omicidio colposo, nessuna condizionale. Letteralmente, il giudice l'aveva chiuso lì e aveva buttato via la chiave. Con la correità del suo inutile avvocato. Per cosa, poi? Per uno scherzo. Uno scherzo d'amore finito male. Luca amava sua moglie. Amava Imma anche lì, dentro quella cella schifosa, la amava anche in compagnia di lucertole e scarafaggi. La amava anche se Alì puzzava dal russare, al piano di sopra. Primo piano e piano terra, li chiamavano. Un letto a castello in una cella sotto il livello stradale. Era un buon Cristo, quell'Alì. Si erano incontrati qualche anno prima, all'epoca dell'accasamento di Luca. Alì era già dentro. Il carcere ha tutto un suo linguaggio segreto, abbondante quando sei dentro, intimo quando sei fuori. Accasato o Libero. Letto o Perterra. Bene e Male. Dentro e Fuori. Morto o Vivo. Un'altra cosa, aveva scoperto, sul carcere: polarizza. Il carcere polarizza il pensare, non i pensieri. Lavora sul sentire, non sulle emozioni. Tutto diventa assoluto. Dentro e Fuori. Stozitto e Parlo. Miribello o Faccioilbravo. Non era vero un cazzo che in carcere rischiavi le penne: se Eribravo, Ticomportavibene, Stavizitto e Nonrompeviicoglioni, poi saresti uscito Fuori. Vivo. Non più Accasato.

Il cielo era invece di petrolio, quando finalmente aprì gli occhi. Il secondino era passato. Tirò un cazzotto al piano di sopra. Alì bofonchiò qualcosa e si spostò sull'altro fianco. Luca trovò la forza di sorridere, e gliene assestò un altro.

«Mashallah!», esclamò il marocchino.

«Mashallah un cazzo», rispose Luca.

«Buono giorno anche a te. Già sceso?». Intendeva chiedere se fosse già andato di corpo.

«Macché. Sono tre giorni, ormai»

«Buono, per me». Alì saltò giù dal letto e s'impossessò del water.

«Porco mondo!», commentò Luca.

Quando le funzioni furono espletate, poté iniziare la loro giornata, che consisteva nell'attendere il controllo del mattino, attendere l'apertura delle celle per il lavoro nel laboratorio di meccanica, attendere la fine delle quattro ore di laboratorio di meccanica, attendere il pranzo, attendere il tizio dei libri (o, per meglio dire, della Gazza), attendere il pomeriggio per respirare un po' d'aria nel cortile, attendere la cena, attendere lo spegnimento delle luci. I più fortunati attendevano una lettera, o una visita. Alì aveva la sua Rkia, Luca non aveva nessuno. Alì masticava sempre una cinica battuta tra i denti, a tal proposito, ma aveva il buon gusto di lasciarla lì dov'era. Luca era un buon Mahamoud, non c'era alcun bisogno di farlo arrabbiare.

«Quanto, oggi?»

«Solo mille giorni, tondi tondi»

«Buono per te», chiuse Alì.

25 febbraio – Il tag

Pier stava sognando Capitan America. O meglio, sognava di *essere* Capitan America. Il suo viso bambino assemblato su quel corpo perfetto non stonava affatto, nella realtà onirica. Anzi, era – come dire? – armonioso. Parlava faccia a faccia con Nick Fury quando Pietro lo svegliò.

«Pier? È ora»

«Mmh...»

«Mamma ha fatto le uova»

Poche cose, nell'intero Universo conosciuto, avevano il potere di catalizzare completamente la sua attenzione. Poche davvero. Lo scudo, è chiaro: lo scudo di Capitan America possedeva un'alchimia cromatica potentemente ipnotica. E quelle splendide parole il prof di Storia dell'Arte le aveva sprecate per un campo con dei corvacci neri... No! Era lo scudo che poteva ipnotizzarti, ammaliarti (altro termine preso in prestito dal professor Formisani). Catalizzarti (questo lo aveva letto su un fumetto, e forse era la parola giusta). Poi c'era Gaia, che sedeva subito davanti al suo banco. I capelli neri neri e profumati di Gaia, a dirla tutta; si era girata solo un paio di volte, dopo Natale, ma gli aveva sorriso: segno inequivocabile. Nel profondo, però, in ogni singolo attimo di fame, fame vera – tipo quando finiva gli allenamenti dopo l'ora di Educazione Fisica, o quando rientrava stremato da un pomeriggio di giochi con Marchino – beh… le uova di mamma non temevano competizione. Lo scudo e Gaia avrebbero potuto aspettare.

«Con la pancetta?», biascicò al padre.

Pietro sorrise nella penombra, poi sussurrò: «Se ti alzi, lo scopri».

Pier sbadigliò, diede un abbraccio a suo padre e infilò i piedi nelle ciabatte bianche, rosse e blu.

SkyTG24 riportava solerte la conta dei contagiati, come si divertiva a definirla suo padre. Un calembour innocuo ma efficace. 322 in Italia, principalmente in Lombardia, ma con qualche nuovo decesso. Pietro mandò giù un cucchiaio di uova strapazzate e due fette di pancetta.

«Pa'?», esordì Pier, dopo troppi secondi di silenzio.

«Dimmi, piccolo»

«Dobbiamo essere preoccupati?»

Suo figlio non era come gli altri ragazzini. Non c'era tredicenne al mondo che non desiderasse ardentemente uno smartphone, eppure lui non l'aveva mai chiesto. Utilizzava il computer, certo, e sapeva come cercare notizie, curiosità e informazioni su Google (meglio del padre, sicuramente), ma non ne era – dipendente, ecco. Lo smartphone, un paio di mesi prima, era comunque arrivato. Un fratello di sua moglie aveva ripiegato su quell'aggeggio infernale per risolvere il problema Regalo-di-Natale, e Pietro aveva accettato la cosa, combattuto tra un *eraora* ed un *fattiicazzituoi*.

Suo figlio non era come gli altri ragazzini perché era ben inserito nel mondo: giocava al parco sotto casa, era uno studente diligente ma non dimenticava di fare le sue piccole bravate (quando era finalmente scappato con la bici, ad esempio, Pietro aveva provato un altro misto di emozioni, quella sfumatura che viaggia tra il terrore e l'orgoglio, per intenderci). Obbediva, quando gli davi un compito. Diceva la sua, con determinazione e sicurezza, ma ascoltava sempre. Ben inserito o, meglio, *posizionato*. Suo figlio dava l'impressione di avere già la sua propria posizione nel mondo.

dobbiamo essere preoccupati?

La sua camera era ordinata. La camera di un ragazzino, ma tenuta a modo

dobbiamo essere

i libri perfettamente in ordine, mai un richiamo a scuola, qualche videogioco

preoccupati

il cocco di molte professoresse. Un bravo ragazzo, perché suo figlio non era come gli altri.

«Non dobbiamo essere preoccupati, Pier. Dobbiamo stare attenti. Ti ricordi quando abbiamo parlato delle persone cattive, quelle che possono farti del male, da cui devi stare lontano?». Sua moglie sospirò.

«Sì, mi ricordo»

«Bene. Ti ricordi anche cosa ti ho detto di fare?»

«Gridare fortissimo aiuto mentre corro come un demonio?»

«Sì, credo di essermi espresso in maniera simile. Ecco, intendo dire: occhi aperti, sempre. Fare attenzione. Stare lontano dalle persone cattive, da tutto ciò che è cattivo. Questo è quello che dobbiamo fare. Però non dobbiamo mai, e dico MAI, essere spaventati. Le cose si sistemeranno, stai tranquillo».

Pier lo osservò intensamente, le uova e la pancetta penzolanti dal cucchiaio come un blob informe; sembrò soppesare le sue idee e la sua colazione per altri due secondi, poi mandò giù il tutto. Pietro ne fu felice. Lo stesso non poteva dirsi di sua moglie, che non aveva toccato cibo.

«Stai tranquilla. Non è altro che l'ennesima influenza. Ricordi la SARS? Passerà anche questa»

Mosse il viso verso l'alto, si grattò un paio di punti sotto il naso e si lisciò i lunghi baffi rossicci, assaggiando finalmente le sue uova. Erano davvero buone.

Il telegiornale passò alla politica, e per un po' in cucina si udirono solo posate, bicchieri di succo d'arancia e il ribollire della moka. Il Huawei Watch indicava le 8.05: erano in perfetto orario per scuola e lavoro; come sempre, del resto.

Pier si lavò i denti, indossò i suoi jeans e il suo maglioncino rosso, e fu pronto. Pietro baciò sua moglie e i due maschietti di famiglia montarono sulla Mokra blu. Il cielo era bianco di smog e autunno. Prima che la radio potesse iniziare a parlare del virus, l'impiegato trovò una innocua stazione di pop anni Novanta. Il viaggio fino alla scuola media Da Vinci durò i canonici dieci minuti, dieci minuti di un silenzio diverso dal solito. Pier era sempre un fiume in piena: raccontava della scuola, dei suoi compagni, dei giochi, di un qualche tizio su YouTube. In più, era uno di quei ragazzini curiosi che annotano tutto ciò che vedono nel proprio diario mentale personale: i colori delle case, dei portoni. I tempi di percorrenza. Le espressioni delle persone sul marciapiede. I modelli delle auto. Un giorno dell'autunno passato, a novembre o ottobre, era riuscito a prevedere con attendibile precisione la durata dei lavori per l'installazione di un nuovo semaforo. Così, solo percorrendo quella strada tutte le mattine, senza prendere un appunto, senza leggere nulla in merito. Notevole.

Quella mattina, però, Pier era oscuro. Fissava un punto del cruscotto, più o meno all'altezza del logo Obel sul cassetto. Non aveva neanche commentato il nuovo murales, *RAUS*, che nella notte era apparso sul fianco di una piccola casa, vicino a dove abitavano. Molto strano, pensò suo padre.

«Tutto bene?»

«Mh-mh», commentò suo figlio.

«Sicuro?»

«Certo»

«Hai qualche interrogazione, oggi?»

«Sì»

«Chi?»

«Statistica»

Pietro fece una pausa. «Cioè?»

«Moda, media e mediana. Matematica. Roba semplice, può anche chiamarmi»

«Okay», rispose suo padre.

Il semaforo scattò e la mandria di automobili stipate una accanto all'altra ripartì con ordine. Il cambio automatico era una gran bella cosa, pensò l'impiegato. Davanti al Da Vinci, centinaia di ragazzini scalmanati urlavano e correvano. Pietro era semplicemente abbagliato dal carattere di suo figlio. Lo amava come null'altro nella sua vita, perché Pier non si sarebbe mai comportato come gli altri.

«Ci siamo», disse, inserendo il freno a mano. Pier sganciò la cintura e rimase fermo. Pietro non lo sollecitò: c'era ancora tempo. C'era sempre tempo per suo figlio.

«Pa'?»

«Dimmi»

«Chi sono le persone cattive?»

«I cinesi», rispose Pietro.

26 febbraio – Lo spostapovery

L'autobus delle 8.00 era in un ritardo tremendo. E fin qui niente di nuovo. L'essenza del problema stava nel fatto che Giacomo non si sarebbe presentato prima delle 10.00. E anche su questo, soprassediamo. L'aggravante: il signor Cairoli era un tipo spiccio. Fin troppo. E quel macigno, quella pessima eredità, quell'agglomerato di sedie kitsch, amari anteguerra, polvere anni Settanta e pavimento dalla terribile fantasia graniglia non avrebbero trovato altro acquirente. *Nostalgia*, aveva detto. *Nostalgia dei tempi andati*. Rossella era subito andata con il pensiero ad un fumoso incontro romantico, magari clandestino, o robe così. Il signor Cairoli non si era dilungato oltre; l'importante era che volesse comprare. Cash, subito, senza troppi pensieri. Un'occasione da non perdere.

L'appuntamento era fissato per quel mattino alle 8.30. Precise, mi raccomando, ho altri impegni. Rossella non aveva perso troppo tempo in trucco e parrucco, anche perché di tempo non ne aveva: attraversare Milano a quell'ora significava morire, e la sbronza della sera prima trillava ancora il suo rock metallico, ritmato dai suoni altrettanto assordanti della città. Basta vodka, per un po'.

8.05. Nulla all'orizzonte. Dove cazzo era il suo autobus?

8.07. Niente. Rossella si rollò un'altra sigaretta e maledisse il Cielo. Pensò di chiamare il potenziale acquirente, poi si raccontò che avrebbe fatto in tempo.

Non so come, ma sì

8.11. Lo spostapovery si affacciò in fondo al vialone, imbottigliato tra auto nervose e bambini particolarmente agitati. La settimana di Carnevale stava per giungere al suo culmine, e di certo i piccoli ne avvertivano l'elettricità. Notò distrattamente un ragazzino con la maglia di un rosso acceso, perso nei suoi pensieri, stipato anch'egli nel traffico mattutino. Il padre frenò l'Obel proprio davanti a lei, per alcuni secondi, per ripartire poco dopo. Prima, frizione, seconda. Freno. Così all'infinito. Tranne per chi aveva la fortuna del cambio automatico, chiaro. Il ragazzino non si era accorto di Rossella e dei suoi capelli castani, elettrici di vento e stress.

8:14. Ricevette un WhatsApp da Giacomo: *faccio tardi. scusa*. Fanculo. Cazzo!

Alle 8.17 riuscì a salire sull'autobus. La corsa non sarebbe durata meno di 15 minuti. Più traffico. Il signor Cairoli si sarebbe probabilmente adirato. Gli avrebbe offerto un caffè degli anni Trenta.

27 febbraio – Belgrado 89

L'incremento relativo ai contagi nella giornata di ieri ha toccato il +24%. Come si sa, la partita di Serie A Inter-Sampdoria è stata rinviata a data da destinarsi. Appello del Papa ai potenti del mondo...

Guangchan aveva ascoltato distrattamente il telegiornale mentre finiva il tè verde e la millefoglie. La sua attenzione era tutta dedicata a quella straordinaria sfida tra Nikolic e Arsovic, la partita più lunga di tutti i tempi. Un sito aveva replicato tutte le mosse (per un totale di 269) in una leggera animazione che racchiudeva in pochi minuti le lunghissime 20 ore di sfida. Nikolic aveva già schierato i Pedoni c, d ed e in posizione 4. Guangchan ne fu stranito. Arsovic all'inizio sembrava più difensivo, e aveva già arroccato a mossa 5. Ora della mossa 37, tutti e due avrebbero sacrificato la Regina. Come erano arrivati a 269 mosse?

Il cellulare trillò. Era il capo.

«Gà, riesci a venire un po' prima? Così diamo una sistemata al magazzino e facciamo spazio per quelle che arrivano il mese prossimo. Ah, c'è anche da finire il lavoro per la Cucci. Li vogliono entro domani»

«Esco tra un minuto», rispose prontamente Guangchan, fuggendo dal suo araldico mondo di Cavalli e Alfieri.

Non era male vivere a Milano. Quantomeno, non era male per lui. Lavorava già da anni presso un corniciaio di alta qualità, Maurizio, che gli aveva insegnato tutto sul mestiere. La base erano i materiali, sempre: un buon materiale costava di più, ma durava molto più a lungo. Chi meno spende, peggio spende, signora mia! Si alternava tra laboratorio e negozio, senza grosse difficoltà. Il cliente medio di un corniciaio è ben disposto: cerca competenza e qualità, la cifra non è questione primaria. Mauri lavorava bene, la busta paga era puntuale e decente, e gli rimaneva tempo libero per uscire la sera o dedicarsi agli scacchi. Si era procurato una fantastica app che analizzava la partita appena conclusa, mossa per mossa, proponendo alternative didattiche, ed era migliorato molto. Nella community le sue riflessioni erano molto apprezzate.

Insomma, la vita in qualche modo procedeva benino, no?

28 febbraio – Terzo piano
«Eh, ma allora Chiara, quella del terzo piano?»

«Ma chi?»

«Quella con i capelli ricci e le bombe grosse, che porta sempre i tacchi»

«Mmh, sì»

«Ma quella con gli occhiali?»

«Sì! La segretaria di Bondi!»

«Segretaria personale…»

«Dai raga, avrà vent'anni!»

«No no no, mi ha detto Rimoldi che lavora agli acquisti che ha festeggiato da poco i trentadue»

«Ma chi? Quella?»

«See, diciannove!»

«Non scherzo! E poi è una che beve! Chiara ci dà dentro!»

«Basta vedere come muove il culo…»

«Esatto! Pare che il sabato si dia da fare…»

«Bisognerebbe sapere che zone frequenta»

«E poi a tua moglie chi lo dice?»

«Ma va à cagher te e quel cesso di mia moglie!»

«Uè, MonzaBrianza, ma te quand'è l'ultima volta che hai ballato la rumba?»

«Raga davvero, fate un po' cagare, comunque»

«Cos'è, Franci, invidia?»

«Va' che comunque anche la Fra, con un po' di palestra…»

«Ma andate affanculo!»

«Sul serio! Squat!! Do you know squat?»

Simone mimò un paio di esercizi, gli uomini risero, Francesca girò le spalle e tornò in ufficio, e la pausa caffè finì. Salutò i colleghi con poderose pacche sulle spalle, e con l'immagine dei fianchi sinuosi di Chiara ben stampata nella mente.

Il Casual Friday era senz'ombra di dubbio il giorno in cui preferiva andare al lavoro. L'unico, ad essere sinceri. Riempiva i suoi moduli e giocava a Candy Crush, per il resto della settimana; ma al venerdì le donne si toglievano quegli orribili tailleur da multinazionale e osavano qualche gonna più corta, o qualche canotta aggressiva. Certo, non si potevano paragonare a Chiara, ma era comunque un bel vedere.

«La relazione per i russi: mi serve entro le 15.00». Simone parve non aver sentito.

«Mi scusi, signor Bondi?»

«Uè, sveglia Simone! La relazione per la Rossijskie! La volevano già ieri. Mi hanno whatsappato un aut aut. Muoversi!»

«Certo, signor Bondi. Mi scusi. Gliela preparo subito». Poi aggiunse: «Mi scusi ancora»

fascista figlio di puttana

Bondi lo guardò torvo e salì le scale, lasciando Simone alla sua scrivania. Qualche collega tossì, qualcun altro bofonchiò. Simone tirò un lungo sospiro e iniziò a lavorare sul report Rossijskie, sperando che Chiara scendesse le scale. Per un qualche motivo.

17 anni a marzo – Martina. Marco e Milena (Compagnia MeM)

Dopo essersi laureata in architettura nel 2003, Martina aveva frequentato un corso di comunicazione che era stato come un fulmine a ciel sereno: aveva compreso, tra i banchi di quella stanza bianca, ricca, dove per la prima volta entrava a stretto contatto con la tecnologia moderna, che a lei dell'architettura non fregava un cazzo. Aveva sempre ottenuto ottimi voti, ma era sua madre che si appassionava per arte e monumenti: da ragazzina, lei si accompagnava stancamente a quell'entusiasmo da donna single che sua madre fingeva nei confronti della vita. La verità era una quotidiana pialla grigia, che affilava ogni singolo giorno, ogni singolo momento. Ogni condivisione.

Aveva accettato di laurearsi solo per sfuggire alla monotonia, e il suo buon grado di intelligenza, misto ad una vita sociale che pian piano migliorava, le aveva permesso di affrontare gli anni universitari con più serenità. A volte, persino con gioia, semmai una tale espressione fosse concessa. Un cambiamento radicale e profondo, avvertito dal primo momento in cui era entrata nella Casa dello Studente al Politecnico. Viveva praticamente nel parco, ma soprattutto non viveva più con sua madre. Il cellulare era arrivato proprio quell'anno.

Si era appassionata velocemente al teatro, lasciandosi trascinare dal gruppo di amiche del corso di Design Moda, e il mercoledì era appuntamento fisso: i ragazzi davanti alla Champions, e loro dietro a qualche piccola compagnia itinerante, in giro per il milanese. E proprio in una di quelle occasioni si era scoperta, in uno strano modo, manager. Manager di due attori senza molte speranze, ma le era piaciuto. Marco e Milena giravano da quasi un anno con uno spettacolo piuttosto carino che, prendendo spunto dagli eventi dell'11 Settembre, metteva in scena un dialogo esilarante tra un uomo e una donna odiosi, cattivi l'uno con l'altra, frustrati e negativi. Commedia brillante, ovvero come imparare a starsi sul cazzo e non avere più paura, recitava la locandina. Il testo era buono, i ragazzi erano bravi, ma i teatri scarseggiavano: spesso si esibivano in piccole province, o in auditorium scolastici di fronte a ragazzini rumorosi o, nel migliore dei casi, annoiati. L'umore era ai minimi. Tra una confessione e l'altra, durante una sera del maggio 2003, stesi tra gli insetti e la rugiada nel parco del Politecnico, Martina aveva ad un certo punto avanzato qualche proposta. Uno: cambiare immediatamente il titolo dello spettacolo. Due: disegnare un logo, brandizzare. Tre:

iniziare a muoversi online, magari aprire un blog dove raccontare i viaggi della compagnia, le loro debolezze, i loro segreti. «Sono cose che fidelizzano», aveva detto. Solo a quel punto iniziare a proporsi a teatri più importanti.

All'inizio fu dura: Marco e Milena ce la mettevano tutta, divisi tra prove, spostamenti e studio. Marco mollò l'università a pochi esami dalla laurea. Milena ne soffrì, poi le cose cambiarono. Il giornale dell'università parlò di loro, dello spettacolo, della storia che avevano avuto. Organizzarono un'intervista. E l'intervista funzionò. Nacquero molti altri blog, dei più svariati argomenti, e anche di compagnie teatrali e altri attori, ma mem.altervista.it era il più seguito, e fungeva da faro per gli altri. I teatri iniziavano a concedere qualche sì, e chi vedeva lo spettacolo si divertiva. Lo diceva agli amici. Furono i secondi in Italia ad aprire un profilo MySpace, e tra i primissimi ad iscriversi su YouTube: dietro tutto questo c'era Martina. Era Martina che muoveva i fili, era Martina che consigliava, era Martina che aveva convinto il suo amico Roberto, fotografo, a passare ai video. E tutto questo lo faceva gratuitamente. Cosa che cambiò dopo il corso di Comunicazione.

A trent'anni, Martina era tra le più grandi influencer in circolazione. Leader per articoli di moda, aveva colto le potenzialità della Rete prima degli altri. YouTube, Facebook, e quindi Twitter e Instagram. Instagram era stata la svolta: i brand facevano a gara per accaparrarsela, i listini crescevano e la sua vita, benché strapiena di impegni, procedeva spedita.

Fino al marzo del 2020.

16 anni a marzo – Roberto. La CocaCola
Come molti degli adulti che avevano attraversato indenni, o quasi, gli anni Settanta, anche il padre di Roberto era appassionato di fotografia, hobby che aveva tramandato al

figlio, il quale era riuscito a farne una professione. L'evoluzione da fotografo a videomaker, e da lì a regista vero e proprio, era stata lenta ma costante, cadenzata da due momenti fondamentali: la decisione folle di mollare la Civica e l'avvento del digitale. Il primo lavoro gli fu offerto da Martina, un'amica architetto dedita all'organizzazione di eventi: tra una foto e l'altra, gli chiese, potresti girare qualche video?

Quello che Martina non poteva sapere era che Roberto, fin dalla tenera età, *vedeva* il montaggio. Non aveva altro modo di spiegarlo: lui *vedeva* i tagli, nei film, nelle pubblicità. In qualsiasi prodotto audiovisivo. Ed era perfettamente in grado di ricordare anche il momento in cui tutto ciò era iniziato: a metà degli anni Ottanta, parcheggiato di fronte alla tv, si nutriva di cartoni animati giapponesi. Da Lupin III a Holly e Benji, da Ken il Guerriero a Lady Oscar: tutti, era innamorato di tutti. Ma tra un cartone e l'altro, la CocaCola non mancava di far valere la sua presenza televisiva in casa. Ricordava in particolare uno spot, in cui un gruppo di ragazzi cantava; prima venivano inquadrati alcuni visi, e poi si scopriva che erano seduti a forma di albero di Natale. Ecco, Roberto aveva *visto* gli stacchi, le transizioni. Le "sfumature", le chiamava da bambino. In un modo tutto suo, non stava guardando lo spot ma la realizzazione del medesimo. Con il tempo, questa capacità si era trasformata in percezione cosciente, in analisi, e quindi in mestiere.

La cosa divenne talmente parte di sé che si divertiva a "montare con gli occhi" anche durante la vita di tutti i giorni. Aveva letto, da qualche parte, che è proprio questa la base del montaggio: il battere delle palpebre. Quel nanosecondo che si perde, quel salto di frame (ma ci era arrivato dopo, a dargli un nome) che sparisce per sempre nel naturale corso vitale del nostro occhio. L'esercizio descritto nel libro, di cui non ricordava mai il titolo, era per lui naturale: guardate un qualcosa nella vostra stanza (ad esempio, la finestra). Poi voltate lo sguardo, facendo attenzione a non battere le palpebre, verso un particolare della stessa stanza (una penna, una maniglia). Quello che avrete eseguito sarà un piano sequenza. Ora ripetiamo il movimento, ma un attimo prima di girare il viso chiudete gli occhi e riapriteli solo quando siete già in direzione della penna (o della maniglia). Abbiamo aggiunto il montaggio. Abbiamo guadagnato tempo, perché il nostro cervello ha processato meno informazioni, meno immagini. Il cervello ha "tagliato". Finestra stacco penna. Applicate questo esempio allo spazio-tempo, ed avrete l'essenza della narrazione cinematografica. Questo era tutto ciò che Roberto aveva intuito, e poi approfondito, molti anni prima del marzo 2020.

20 anni a marzo – Guangchan. Il trasferimento

Leo Chan, padre di Guangchan e marito di Liu, aveva vissuto per 6 anni a Prato con suo padre, Zhou Chan, trasferitosi con tutta la famiglia da Shenyang nel 1991. Lavorava, controvoglia, nel campo della pelletteria, ma la sua passione era il legno. Adorava creare, dare vita alle cose, che fosse un semplice monile o un arzigogolato tavolo da salotto. Aveva per questo rotto con il padre ed era tornato in Cina, vagando per qualche anno in Manciuria, tra un lavoro e l'altro. Con Liu, aveva infine preso la decisione di tornare definitivamente in Italia, agli albori del millennio, questa volta a Milano, dove un amico poteva trovargli un posto per iniziare una nuova vita.

Zhou Chan era morto pochi mesi dopo, lasciando una buona eredità a Leo, Liu e il bambino che di lì a poco sarebbe nato: Liu aveva infatti scoperto di essere incinta nel febbraio del 2000. Leo aveva trovato casa e lavorava come falegname.

Suo figlio Guangchan parlava correntemente mandarino, mancese, inglese e un italiano dal forte accento lombardo. Non era mai stato in Cina, e la percepiva come quella grande e lontana patria dov'era stato concepito, ma che non riusciva ad avere alcun afflato su di lui. La sua vita si era sviluppata a Milano, e non riusciva a vedersi da nessun'altra parte. La famiglia Chan, con Guangchan, aveva trovato un posto che chiamava casa, dopo tanto vagabondare.

Era sveglio. Suo padre lo sapeva. La tradizione della sua famiglia era molto inquadrata, conservatrice: falegname io, falegname mio figlio. Ma per Leo non aveva funzionato, e non avrebbe commesso con Guangchan lo stesso errore di nonno Zhou, combattendo per forzarlo ad una vita che non desiderava affatto. E quando decidi una cosa del genere, sta' pur certo che tuo figlio farà l'esatto contrario.

Guangchan si era diplomato con un risultato di 92/100, ma di università non aveva neppure voluto sentir parlare. Lavorava già come corniciaio, viveva in un piccolo appartamento vicino al laboratorio, ed aveva prima preso e poi lasciato la sua ragazza. Era ormai un occidentale doc, che a Leo e Liu piacesse o meno. La passione degli scacchi nasceva da un pomeriggio di giugno del 2014. All'epoca era un ragazzino come tanti, si ritrovava con i compagni di scuola e andava un po' in giro zingarando. Erano intenti in una accesa discussione che verteva, senza soluzione di continuità, su Matteo Renzi, la Crimea, Boko Haram e i Giochi invernali di Soči. Mentre il più estremista del gruppo si infervorava su Putin e le libertà personali, Guangchan aveva scosso la testa e, con la coda dell'occhio, aveva notato un umarell, un vecchietto, silenzioso e concentrato. Automaticamente, aveva spostato lo sguardo in cerca di qualche piccolo Komatsu, o un Caterpillar in piena funzione distruttiva d'asfalto, ma c'era troppo silenzio, troppa quiete, ad eccezione dei suoi compari, che ora discutevano di terrorismo in Nigeria.

Non aveva alcun senso, ma continuava a chiedersi: cosa diavolo starà guardando, quel vecchio? Non era una pausa d'anzianità, non era un break per prendere fiato dopo una camminata forse troppo sportiva, affaticato dal caldo dell'estate 2014: quel vecchietto stava *davvero* osservando qualcosa che rapiva totalmente la sua attenzione. Un nipotino? Un murales volgare? Le gambe di una giovane? Alcune siepi gli oscuravano la risposta. Quella parte della mente che ognuno lascia dedicata completamente alla soluzione dei più oscuri crimini si era attivata ad un livello troppo profondo, e Guangchan non riusciva a lasciar stare. *Solo un'occhiata*, si disse, e si mosse lateralmente in direzione del vecchietto. Lentamente, da dietro quei fitti arbusti, si scoprì ciò che aveva catturato l'attenzione dell'umarell prima (che quindi, tecnicamente, non era proprio un umarell), e di Guangchan poi. Due signori più giovani, ma comunque adulti, muovevano dei grandissimi pupazzi su una scacchiera incisa nell'asfalto. Se ne stavano in silenzio a pensare per lungo tempo e poi tac! Alfiere in c4. Guangchan sorrise, diede un'occhiata ai suoi amici – ora l'oggetto del contendere era la politica italiana – e decise di godersi un po' quella specie di rappresentazione teatrale, buffa ma cadenzata e ordinata. Qualcuno alle sue spalle gli rivolse parola, ma Guangchan non ci fece caso: era completamente rapito.

Uno dei due signori intenti a giocare aveva gli occhi socchiusi, e quasi sbuffava dalla concentrazione, come se stesse riflettendo su tutti i problemi del mondo contemporaneamente, o trattenesse una qualche impellenza fisica. L'altro sogghignava. Guangchan conosceva i nomi e le fattezze dei pezzi degli scacchi, e da qualche parte, nella sua stanza, aveva persino un esemplare di scacchiera in legno, richiudibile, con quasi tutti i pezzi dentro. I pedoni erano i più bastardi, così piccolini che era troppo semplice perderli. Desiderò ritrovarli. Intanto, Mr. Sbuffo si era deciso ed aveva mosso. La Regina, probabilmente. Mr. Serenity non ci aveva pensato su tanto e aveva spostato un grosso Cavallo in f7, dichiarando serafico «Scacco». L'altro aveva subito fatto la sua contromossa, ma Mr. Serenity era stato rapidissimo a muovere la sua Regina e dichiarare «Matto».

Il vecchietto di prima aveva fatto un verso, più simile ad un gracchio che ad una risata, si era calzato il berretto con forza sulla testa, aveva abbozzato un cenno ai due contendenti e si era allontanato. Nel frattempo, i suoi amici avevano finalmente deciso dove sputtanare il resto del pomeriggio (Centro Commerciale CityLife) e lo chiamavano a gran voce. I due signori si erano stretti la mano e avevano iniziato a rimettere in ordine i pezzi sulla scacchiera, pronti per una nuova sfida. Mr. Sbuffo aveva strizzato l'occhio a quel giovane cinese che li aveva guardati con tanto interesse.

«Oh, t'eri incantato»

«Guardavo quelli giocare»

«È passata Rossella e non l'hai neanche salutata»

Per un attimo, Cavalli ed Alfieri passarono in secondo piano. «Rossella del bar?»

«Proprio lei»

«Merda»

«Sai che ha trent'anni, sì?»

«Certo, scemo»

«Comunque, ti ha sfiorato le spalle passando. Puoi ripensarci, stasera»

«Vaffanculo»

Tornato a casa, quella sera, Guangchan non aveva ritrovato i pedoni della sua vecchia scacchiera di legno, ma si era comunque iscritto ad un paio di blog ed era entrato nel magico mondo degli scacchi. Per sua fortuna.

Cos'altro avrebbe fatto, altrimenti, a marzo 2020?

10 anni a marzo – Rossella. Il bar della rabbia

Aveva avuto un padre e una madre, ma soprattutto aveva avuto una nonna. I suoi lavoravano entrambi, e non era raro, nel Nord Italia, che i bambini crescessero con i nonni, o con la tata. A quattro anni aveva già il permesso di fare i caffè, stando *attenta a non bruciare, nonna*, che non si era mai capito se a bruciare potesse essere la polvere di caffè o il ditino di Rossella. Si arrampicava sulla seggiola, dava due colpi al macinino, posizionava il dosatore, un pugno al manico e poi il tasto rosso. Tutta la giocosa procedura avveniva solo in presenza dei clienti più affezionati, che la nonna chiamava *amici*. Era un piccolo bar non lontano dal centro di Milano. La nonna ci aveva passato la vita, fin da piccola, e vedeva Rossella fare lo stesso. Ne era felice. Rossella meno.

Aveva iniziato ad essere irrequieta verso i nove anni: rispondeva in malo modo, non eseguiva ciò che le si chiedeva, voleva sempre averla vinta lei. *Tutta sua nonna*, commentava il padre, le poche volte che alzava il naso dal giornale, accomodato sul sofà. La madre registrava mentalmente l'ennesimo attacco alla propria famiglia, ma stava zitta. Rossella invece continuava a lamentarsi: la nonna era... soffocante. Anche il bar lo era: forse per la polvere, forse per la scarsa qualità del caffè. L'aria era pesante, chiusa nel passato, e la ragazza trovava ristoro solo nell'uscirne.

Quando aveva da poco festeggiato i vent'anni, e sognava di vivere in Irlanda, o in Inghilterra, o perché no in India! sua nonna morì. Venne fuori che sul bar pendevano almeno due ipoteche, di cui una molto sostanziosa: vendere era impossibile. Rossella chiuse Oscar Wilde e la musica tradizionale nell'armadio dei sogni irrealizzati, si rimboccò le maniche e continuò a lavorare, stavolta come proprietaria, come da testamento. Non avrebbe più dovuto salire sulla cadrega.

Dieci anni. Dieci anni di arachidi e patatine rancide, dieci anni di caffè inodore e spritz che non spritzavano. Nei primi tempi, ci aveva anche provato: aveva organizzato gli happy hour, le coffee card per i paghi 10 bevi 11, la fascia oraria dell'aperitivo; aveva provato a cambiare chicchi di caffè, ma il problema più grande rimaneva la macchina, ed era un investimento che non poteva in alcun modo affrontare. Non poteva funzionare, se i clienti erano sempre rimasti i vecchietti per la colazione con correzione grappa al mattino, e i ragazzini per le birre in bottiglia nel tardo pomeriggio. E poi c'era l'ostacolo più insormontabile: Rossella non aveva alcuna voglia di gestire un bar. Non aveva voglia neanche di entrarci mai più, in un bar.

Solo che era l'unica cosa che sapeva fare. Aveva attraversato quegli ultimi dieci anni invecchiando come ne fossero stati cento. Ma nel febbraio del 2020 il signor Cairoli aveva fatto la sua offerta.

22 anni a marzo – Simone. L'impiego

Gli capitava, nei giorni uggiosi e freddi, di affogare nei suoi pensieri, rannicchiato in poltrona, e di ritrovarsi con le ginocchia strette strette in un abbraccio di ferro, fino a farsi sbiancare le unghie. In quelle occasioni non pensava ai fianchi di Chiara. Ripercorreva quella tortuosa strada che da un sobborgo romano lo aveva catapultato nella periferia milanese. Erano già passati ventidue anni, eppure sembrava solo ieri. Suo padre li aveva abbandonati quando Simone aveva da poco raggiunto la maturità, e sua madre festeggiava il decimo lustro. L'insorgere della malattia della donna aveva svelato il nocciolo vile di quello straniero, capitato nelle loro vite come un incidente casuale, un brutto impiccio di cui liberarsi. Quantomeno, ci aveva pensato da solo, sparendo dalla sera alla mattina. Ora però restava a Simone il compito di curare la madre e badare alla casa, in quel periodo della vita in cui si decide chi sei, e soprattutto chi sarai. Simone sarebbe stato l'infermiere della sua povera madre.

L'organizzazione tra i due aveva trovato quasi subito un forte equilibrio: la madre non lesinava ordini dal suo letto, ma era metodica negli insegnamenti e, a fatica, trovava la forza di controllare le faccende. Il bagno era stato pulito per bene, almeno una volta alla settimana? Non mischiare i bianchi con i colorati. Controlla bene di aver chiuso il gas, se esci. Non fare tardi, in ogni caso. Sveglia presta al mattino, massimo alle 6.00. Lava i piatti subito dopo che abbiamo cenato, altrimenti le incrostazioni saranno più difficili da eliminare. Controlla la cassetta delle lettere ogni pomeriggio, dopo le 14.00. L'ago deve entrare rapido ma delicato. Fai delle prove con una patata. Controlla sempre che la quantità di farmaco sia esattamente 5 millilitri, non di più, non di meno. No, oggi è lunedì, prendo la pastiglia arancio; quella gialla è per la domenica.

Simo', ho fatto.

Poi però la voce di lei era scesa, costantemente, di qualche tono. La forza per alzarsi dal letto e controllare le faccende domestiche si era fatta via via più labile, prima con l'aiuto di un bastone, poi di un girello; alla fine aveva lasciato perdere.

Mi fido, diceva. *Non abbiamo bisogno di* dottoroni. Restare bloccata al letto aveva avuto, quasi subito, le conseguenze più ovvie: per prime erano apparse le piaghe. Simone le puliva quotidianamente, anche più volte al giorno, ma non bastava. All'intensificarsi del dolore, insieme al fisico, anche la mente di sua madre aveva iniziato a vacillare. Ormai non comunicava più, se non a respiri affannati. Oh, quante volte aveva guardato quel cuscino lindo ed inoperoso, che per qualche anno aveva accolto quella testa di cazzo di suo padre, lì, proprio ad un passo dal volto di sua madre. Quante volte aveva creduto di avere la forza di darci un taglio.

Ma anche in quel caso la vita gli aveva concesso il favore di evolversi al suo posto: sua madre se n'era andata un bel mattino del settembre '98, lasciandolo solo, in una casa piccola e pulita, alla periferia di Roma. Simone era stato in lutto per qualche mese, rannicchiato e stretto nel suo stesso abbraccio, poi aveva trovato un'agenzia per vendere tutto ed era scappato il più lontano possibile, e non c'è niente che sia più lontano da Roma che Milano.

Non era buono a nulla, Simone. Sua madre l'aveva capito. Sapeva tenere pulita la casa, tutto qui. Aveva trovato un appartamentino in una zona residenziale, al settimo piano di un vecchio palazzo in mattoni rossi, e incassava metodicamente la pensione della madre, ma i soldi iniziavano a scarseggiare: lavorare era d'obbligo. Fu un annuncio della Technologies Inc., in cui il colosso era in cerca di forza lavoro per gli uffici di Ricerca e Sviluppo, a trovargli il suo posto nel mondo. La sede si trovava dall'altra parte della città, ma la paga prometteva d'esser buona. La proposta era piena di paroloni complicati come *problem solving team work report stage*, ma in fin dei conti cercavano un passacarte. Quello poteva farlo.

Si divideva tra ufficio e casa. Aveva invitato un paio di volte a cena una delle donne dell'impresa che si occupava delle pulizie della Technologies Inc., e Wanda aveva accettato: trovava qualcosa di affascinante in quello sguardo ombroso, vestito sempre in maniera impeccabile, impacciato e timido. Quando era entrata nell'appartamento di Simone lo aveva trovato perfetto, pulitissimo, e si era dimostrato anche un ottimo cuoco. Quale uomo single lo è? Durante la prima cena non aveva provato a baciarla, e anche quel particolare aveva fatto centro nei sentimenti di Wanda. Alla fine della seconda cena, dopo qualche bicchiere di troppo, si erano finalmente abbracciati.

Simone non aveva conosciuto amore di donna prima di Wanda. Aveva notato che il suo sguardo, settimana dopo settimana, tendeva ad incrociarsi sempre più spesso con quello della signora delle pulizie. All'inizio per caso, poi forse non più. Non era particolarmente bella: la divisa le cadeva come un buffo cilindro attorno al corpo, sudava per le scale e la polvere, e in ogni caso difficilmente si sarebbe dedicata al make-up prima di affrontare sei piani di scale. Simone non avrebbe saputo dire se un'attrazione era nata, o stesse nascendo, a causa di quegli occhi che lo cercavano. O se fosse semplice noia. Iniziarono scambiando poche battute di circostanza, prima sul tempo, poi sui giovani, infine sulla cucina. E lì arrivarono al punto, il punto in cui, parlando di amatriciana, e dell'annosa questione degli ingredienti originali (guanciale e pecorino, deroghe alla regola non ammesse), Wanda aveva sospirato con teatralità.

«Ah! Come mangerei un'amatriciana fatta bene adesso!»

«L'amatriciana è sempre buona»

«Poi te sei romano...»

«Sai qual è il segreto? Aggiungere un pizzico di...» e senza rendersene conto, Simone era caduto in pieno nella trappola tesa dalla donna. L'invito a cena fu praticamente obbligatorio. Riuscire ad evitare il bacio la prima sera fu semplice; la seconda si avvinghiarono. L'uomo trovò la donna poco attraente e confusionaria. La donna trovò l'uomo profumato e ordinato. Wanda aveva telefonato, tutta eccitata, a sua nipote Rossella, figlia della sorella. Si erano sposati dopo sei mesi. E non c'era stato bisogno di attendere il marzo 2020, perché entrambi se ne pentissero.

2 mesi a marzo – Pietro. Il virus

Anche Pietro lavorava come impiegato alla Technologies Inc. Ogni mattina, dopo aver accompagnato il figlio Pier a scuola, si infilava nel parcheggio gigantesco dell'azienda, saliva al primo piano e si sedeva alla sua scrivania, Ufficio Acquisti. Condivideva lo spazio con altri tre individui *uno era persino negroide* e il suo compito precipuo era strappare il minor prezzo con la consegna più rapida. Di solito ci si riusciva con la Cina.

Ma nel gennaio del 2020, in Hubei, nella zona di Wuhan, si diceva si fosse diffuso un virus, una specie di influenza che attaccava migliaia di persone. La televisione aveva mostrato immagini impressionanti. Era in gioco anche l'esercito. Reperire merci era diventato molto più complicato, perché produzioni e trasporti erano bloccati dall'interno.

«Io non sono razzista, ma quei cazzo di cinesi di merda!», aveva commentato Pietro. «Distruggono le economie, invadono le nostre città. E ora anche il virus!».

«Dicono che da noi non arriverà», commentò uno dei colleghi.

«Arriverà, vedrai. E sarà un disastro. Quelli in Cina sono comunisti, li tengono dentro con l'esercito, e vedi che succede a chi sgarra»

«Questo è vero. Da noi la "democrazia" è troppo morbida. Guarda i barconi africani!»

«Arrivasse davvero, 'sto virus. Che facesse un po' di pulizia!». E il virus arrivò.

Marzo – Luca. Il decreto

Il primo marzo 2020 il Presidente decretò alcune restrizioni per il Nord Italia, distinguendo una zona rossa e la profilassi per la quarantena per chi avesse visitato la Cina. In quel momento i casi italiani erano 1.694 e 34 i decessi.

Nella notte tra il sette e l'otto marzo, il Presidente emanò un nuovo decreto, vietando gli spostamenti dal Nord Italia e all'interno della zona stessa. 5.883 casi, 233 decessi.

La CNN, rimpallata in pochi minuti da tutti i media internazionali, social media in testa, riportò una bozza del decreto lasciata trapelare dalla Regione Lombardia, e ci fu un primo episodio di panico: molti italiani scapparono nottetempo dal Nord alle loro case al mare, o in campagna, nella parte Sud del Paese. Moltissimi ragazzi che lavoravano o studiavano in Lombardia tornarono a casa dai propri cari («teroni del menga», avrebbe poi commentato Pietro). Il decreto stabiliva anche delle misure per la gestione delle carceri: profilassi speciale per le forze dell'ordine, quarantena obbligatoria per i nuovi detenuti e sospensione delle visite esterne.

Quando, la mattina dell'otto marzo (-987 giorni al rilascio), Luca aprì gli occhi (e si fu goduto quel secondino di tempo solo suo), Alì era già sveglio. Ed era la prima volta che accadeva una cosa del genere.

«Alì? Cosa ci fai sveglio?»

«Notizie»

«Cosa?»

«Rkia no viene». Inspirò profondamente, e aggiunse: «Nessuno viene»

Non ebbe il tempo di stropicciarsi gli occhi che la rabbia gli montò dentro come un terremoto, più simile, a dire il vero, all'odio. Alì era buono. Non sapeva di preciso per cosa fosse dentro (nessuno sapeva le cose, lì; e se le sapeva, taceva), ma era buono. Era mansueto. Non si trattava di una vacanza pagata, come pensavano quelli fuori. Era carcere. Erano anni di vita buttati, che non sarebbero tornati mai più. Era il suo patrimonio confiscato. Erano giornate tutte uguali, per molti anni. Non c'era redenzione, non c'era pensiero profondo: c'era il rimuginare. C'era la punizione.

E Alì stava affrontando la sua, come tutti, lì dentro, con dignità. Come poteva resistere, la dignità, senza visite? Avevano tolto loro tutto. Ogni cosa. La libertà era solo una delle tante.

come si può resistere

Il viso scuro di Alì, rassegnato, con gli occhi verdi fissi e socchiusi, ritirato nel suo mutismo, fu la scintilla che fece esplodere la violenza del suo odio. A quella vista, detestò tutto indiscriminatamente. I suoi muscoli si fecero d'acciaio, la pelle gli prudeva. Alì si accorse solo di sfuggita di una montante energia negativa, e del fiato di Luca, che si faceva sempre più corto.

In un solo secondo, nella mente di quello che era stato uno splendido esemplare di ricco commerciale milanese, l'intera vicenda che lo aveva portato fin lì si dipanò come un antico manoscritto in fiamme. Imma. Imma e la sua bellezza. Imma e gli scherzi in casa. Imma e la guerra coi cuscini. Imma che perde l'equilibrio vicino alle scale. Imma che cade. Imma che batte la testa sul muro. Imma che smette di respirare. L'ambulanza. Imma che cessa d'esistere. La polizia. L'incredulità. La statistica

il 93% delle donne che subisce violenza dal partner non denuncia l'accaduto alle autorità

la follia della statistica

come si dimostra uno scherzo?

la follia dell'applicazione della statistica. Il giudice non gli crede. L'avvocato sa e tace. La sentenza. Il carcere. L'assenza al funerale. Il dolore dei parenti. L'assenza. L'odio dei parenti. Tutti. Il cucciolo Billy abbandonato chissà dove. Imma che non può visitarlo. Imma che, se volesse, ora non potrebbe più farlo. Imma che da corpo e pensiero si fa pensata.

Rkia e Alì.

Quando il secondino aprì la cella per scortarli in laboratorio, Luca fu talmente rapido e potente nel lanciarglisi contro che il poveraccio non si accorse neanche di morire, crollando dalla balaustra del quarto piano sul linoleum del piano terra. La miccia si accese in un attimo persino più breve dei sogni mattutini del borghese. L'intero piano si rivoltò, aggredendo gli addetti alla scorta. Le armi iniziarono a sparare molto presto, e non sempre dalle mani degli agenti. Luca iniziò a gridare, aizzando quei pochi che se ne stavano impietriti, immobilizzati dal delirio improvviso. Scuoteva Alì, che aveva lo sguardo sperso, quasi non fosse presente a sé stesso. Si avvicinò ruggendo alla cella di fianco, colpendo un agente alla schiena e impossessandosi della pistola d'ordinanza. Sparò due colpi in aria. Il carcere ringhiò, unito. Marzo era giunto, portandosi dietro un virus e il kAoS.

Marzo – Roberto. Montaggio

Il lavoro ad Amsterdam era andato bene. Era riuscito, in sole due settimane, a portare a casa due shooting, uno spot e un videoclip. Nei giorni di sabato e domenica aveva coinvolto Chiara, una ragazza che lavorava part-time in un ufficio della Technologies Inc., con la quale aveva sempre trovato il giusto feeling sul set. Sul campo, il lavoro si riduce al fare le cose bene e in fretta: il primo compito di un videomaker è risolvere problemi. Quelli non mancano mai. Si annidano tra gli automatismi delle ottiche che d'un tratto decidono di non essere più meccaniche, ma sviluppano una propria personalità, e fanno le altezzose, perché magari non sono state utilizzate per qualche tempo, lasciate a riposare sul fondo dello zaino, e decidono improvvidamente di non mettere bene a fuoco. O nei condensatori delle lampade a led, perfettamente funzionanti fino a cinque minuti prima dell'«Azione». E ancora nei flash, quando cessano di rispettare le regole, come la Legge dell'Inverso del Quadrato della Distanza, che è una cosa matematica, non un decreto presidenziale: la devi rispettare e basta. E invece no: sfarfallii delle luci, batterie piene che cessano di funzionare, comandi a distanza che non comandano... i problemi tecnici ci sono, sempre, per nessuna ragione logica al mondo. E il ruolo del videomaker è risolverli, Roberto lo sapeva bene. Ma sapeva anche un'altra cosa: la tecnica era il meno. Il difficile era avere a che fare con i problemi delle modelle, degli attori e delle cantanti, o chiunque altro fosse sul set, se il progetto prevedeva un'organizzazione più complessa. Che era esattamente il caso del videoclip di Amsterdam.

Aveva conosciuto Chiara anni prima, in occasione di un evento organizzato da Martina per lanciare un nuovo brand di intimo. Un lavoro ben pagato. Chiara si era dimostrata professionale e frizzante, perfetta sul set. Il lavoro con lei era stato eseguito presto e bene, non c'era quasi bisogno di guidarla: praticamente la modella perfetta. Sapeva anche dosare bene la sua simpatia, e aveva una pelle splendida, il che aiuta molto ad accorciare le lunghe ore di post-produzione.

Era stato tentato, per questi motivi, di aggiungere una parte anche per il videoclip della metal band di Leiden, ad appena un'ora di auto da Amsterdam: gli occhi azzurri di Chiara e i suoi lunghissimi capelli neri avrebbero riempito i momenti di stanca, ridondanti, dei musicisti, e avrebbe aggiunto così un po' di brio e movimento. Ma i problemi logistici degli spostamenti e il poco tempo a disposizione avevano ridotto la presenza di Chiara ai soli scatti di make-up per Skin Boutique, nuovo brand di Utrecht. Dopo lo shooting si erano comunque lasciati con la promessa di nuove collaborazioni.

Oltre alla mole di SD card olandesi, aveva 5000 scatti della Fashion Week (grazie, Marti!) da visionare e post-produrre. In più, dal periodo di Pasqua in poi sarebbero ricominciate le stagioni teatrali, e aveva già ricevuto conferme per i video degli spettacoli da una dozzina di compagnie. Presi singolarmente non erano granché, ma tutto sommato si trattava di un bel gruzzolo, che essenzialmente gli avrebbe risolto il primo semestre del 2020.

Roberto viveva nella zona nord-ovest di Milano, subito sopra San Siro, in un appartamento piccolo ma grazioso, affacciato su un parchetto, insieme alla sua compagna Giada, da oltre due anni. Giada insegnava in città, al Da Vinci. Si potevano dire, in qualche strano modo, benestanti. Gli impegni di lavoro, però, li tenevano spesso divisi: Roberto montava fino a tarda notte, era sempre in giro dietro ai suoi progetti, mentre Giada seguiva i suoi classici orari da insegnante. Alle volte si incrociavano (lui andando a dormire, lei appena sveglia) in cucina, e si abbracciavano sorridendo della staffetta.

«Buongiorno»

«Buonanotte!»

Riuscivano a ritagliarsi dei momenti insieme in qualche sporadico weekend, quando Roberto si dedicava alle nuove uscite su Netflix e Giada gli si accoccolava sul petto. Qualche volta facevano l'amore, altre no. Erano i loro weekend di ricarica.

Marzo – Pietro. #stateacasa

La paura è un nobile sentimento protettivo, ripeté Pietro a suo figlio. Pier lo fissò, poi annuì. «Ce lo portiamo dentro dagli albori dell'umanità. Ci salva dagli attacchi delle belve, da un qualsiasi pericolo improvviso. Il cuore inizia a pompare più sangue nei muscoli, ci prepara alla fuga, o all'attacco. Le paure non sono mai irrazionali: se qualcosa, dentro di te, ti comunica paura, ascoltalo. Non spaventarti, ma non commettere l'errore di ignorarla, quella sensazione. Perché è lì proprio per salvarti nei momenti più complicati».

«Ho paura, pa'», sentenziò Pier, abbassando gli occhi. La madre alzò lo sguardo dal fornello, solo per un attimo, poi tornò ad occuparsi dello stufato. I primi giorni di quarantena erano stati caldi ed assolati. Poi era arrivata un'ondata di freddo intenso, e un po' di stufato poteva far solo che bene.

«Lo so. È giusto»

«Quando usciremo?»

«Se vuoi, possiamo fare una passeggiata anche adesso. Vuoi?»

Pier scosse la testa, continuando ad alzare ed abbassare nervosamente le braccia dell'action figure di Capitan America. Si rinchiuse nel silenzio per qualche momento, poi sgattaiolò nella sua cameretta. Pietro fece giusto in tempo a passargli una mano tra i capelli, prima che fuggisse. Forse aveva bisogno di piangere, e quelle son cose private. Si alzò anche lui da tavola e si avvicinò alla moglie.

«Per quanti giorni abbiamo da mangiare? È una cosa che devi tenere sotto controllo». La donna fece dondolare la testa dall'alto verso il basso, due volte. «Mi dici tu quando devo andare a fare la spesa?»

La sola idea che il suo uomo, con la scarsa protezione di una semplice sciarpa, dovesse correre il rischio del contagio in un supermercato pieno o giù in strada, ebbe il potere di bloccarla. Poi annuì di nuovo. Pietro le carezzò la schiena, e si ritirò anch'egli nella sua camera patronale. La paura era certamente un sentimento utile, ma mai quanto l'odio. L'odio come fattore protettivo funzionava meglio della paura. Si doveva odiare il proprio nemico, con tutta l'anima, con tutto l'ardore disponibile. Aveva odiato gli omoni che scendevano dai barconi: arrivavano belli e in salute dall'Africa, lo Stato si occupava di loro, li copriva di soldi e abbandonava i cittadini. Mica tutti scappavano dalla guerra! Lui adesso viveva di cassa integrazione, dall'inizio della crisi del virus, con il solo 80% della paga, e sarebbe andato a calare. Aveva odiato così tanto quei gialli di merda, tutti, indiscriminatamente. Il butterfly effect del cazzo aveva rovinato le vite del mondo perché *qualcuno* si divertiva a mangiare schifosi pipistrelli vivi. Quei cinesi di merda. Aveva manifestato il suo odio scrivendo RAUS – via! sul muro di quel gialloide che gli viveva vicino. Chissà se il *ciaina* aveva ricevuto il messaggio. Avrebbe forse dovuto rinforzarlo.

Restarono così fino a tarda sera: gli uomini nelle rispettive camere da letto, la donna in cucina.

Marzo – Rossella. Soldi

Il signor Cairoli si era tirato indietro all'ultimo momento. E il bar era chiuso da tre settimane, ormai. Fanculo. Il Presidente faceva continui riferimenti ad un sostegno per le Partite Iva di seicento euro. Qualcuno diceva trattarsi di una soluzione una tantum. Il suo affitto ammontava a ottocentocinquanta, spese escluse. I suoi genitori l'avrebbero sostenuta, Rossella lo sapeva, ma per quanto? E poi: dopo anni di lavoro e sacrifici, che senso aveva elemosinare i soldi per l'affitto dai buoni vecchi mamma e papà?

La quarantena l'aveva costretta a rinchiudersi in quella casetta spoglia e deprimente, con una sola finestra che dava su di un palazzo grigio, tappo dal mondo. Un mondo che stava impazzendo. Si diceva che il 95% degli italiani rispettassero le restrizioni; gli appelli a stare a casa arrivavano da tutti i lati, con vip, cantanti, attori, giornalisti e politici che li ripetevano a reti e social unificati. Restava, chiaramente, un piccolo gruppo di persone, sparse su tutto il territorio, che non aveva capito. Qualcuno stava vivendo la crisi come una vacanza imprevista: un po' di jogging nelle giornate di sole, ritrovarsi con gli amici, feste di compleanno. Le forze dell'ordine intervenivano. Le multe fioccavano. Il cellulare vibrò.

«Ciao zia»

«Ciao bella mia, come stai?», chiese sua zia Wanda. Indossava un maglioncino primaverile, beige scolorito, ma sembrava truccata, anche se il riflesso della finestra retrostante non rendeva semplice l'analisi. Wanda portava anche gli occhiali, e il suo smartphone era ormai obsoleto: una combinazione terribile, per una videochiamata. Comunque, i più adulti stavano familiarizzando con la tecnologia facendo del loro meglio.

«Tutto bene». Rossella fece una pausa, ben sapendo che si sarebbe pentita amaramente delle prossime tre parole. Ma erano d'obbligo. «Tu? Zio Simone?»

«Bah, tuo zio non parla mai, lo sai. Se ne sta seduto in poltrona a vedere la tele. Credo stia bene, comunque»

«E tu, che mi dici?»

«La febbre si è un po' abbassata. È il mal di testa che non vuole saperne»

«Il medico che dice?»

«Ah, buono quello! Dice di chiamarlo tra due giorni se non dovessi sfebbrare. Ma Santoddio, non c'è posto da nessuna parte!»

«Nessuna», confermò Rossella.

«Da nessuna parte! E poi che faccio? Vado ad ammalarmi in ospedale? No, io sto bene qui a casa mia. Tu, piuttosto: stai ancora lavorando?»

«No, zia. Sono chiusa in casa da tre settimane»

«Come tutti»

«Come tutti, sì»

«Mi raccomando, quando esci a fare la spesa. Non uscire. Stai a casa. Esci il meno possibile»

«Sì, zia»

«Non ti preoccupare dei soldi, cara. La soluzione si trova»

«Certo»

«In questo momento dobbiamo fermare questo mostro. Poi ci occuperemo di tutto il resto. Ci rialzeremo, vedrai»

«Lo spero tanto, zia. Speriamo»

«Di sicuro. Gli italiani danno il meglio proprio nelle situazioni di massima difficoltà»

«Mh-mh»

«Hai visto il Presidente, ieri sera?»

«Sì, zia»

«È un bell'uomo, vero?»

«Sì, zia»

«Sono contenta che ci sia lui e non gli altri, in questo momento. Se si candida, questa volta lo voto»

«Già»

«Dai bella mia, ci sentiamo nei prossimi giorni. E chiamami, qualche volta. I tuoi stanno bene? Ho sentito tua madre ieri»

«Sì, stanno bene. Un po' annoiati»

«Eh, che ci vuoi fare. Adesso è così. Ci riabbracceremo un giorno, non dubitare»

«Va bene, zia. Ti voglio bene. Ciao»

«Ti voglio bene anch'io. Ciao Rossella. Ciao».

Chiuse la videochiamata e si ritrovò sola, in una assenza di contatto così concreta che sbiancò in volto. Un vuoto così denso da potercisi appoggiare, per un attimo fugace, alla ricerca di un qualcosa. Qualsiasi cosa, per favore.

Marzo – Guangchan. Sotto scacco

D'accordo con Maurizio, avevano chiuso bottega ben prima del decreto del Presidente. Con una intuizione più unica che rara, simile ad una saggezza di tempi antichi, tramandata e dunque innata, il capo aveva sentito arrivare l'onda e al 29 di febbraio aveva decretato «mese prossimo niente».

Guangchan sulle prime si era sentito stranito. In fondo, si trattava di poco più di una banale influenza. Sì, c'era stato qualche decesso, ma perlopiù sistemi immunitari già compromessi da patologie pregresse, e comunque in là con gli anni. La normale influenza causava di certo più decessi. Furono poi i suoni della città – o meglio, gli assordanti silenzi interrotti dalle sirene e dalle campane a morto – a fargli cambiare idea. In ogni caso, era tornato a casa e aveva impiegato quel suo tempo liberato per migliorare la sua strategia. In particolare, lavorava sullo scacco di scoperta, che è un modo molto utile di rubare pezzi all'avversario, perché ne obbliga la mossa successiva. Ne aveva parlato nella community e aveva ricevuto diversi feedback positivi nei commenti.

. io mi trovo molto bene con l'asse Torre-Cavallo per rubare la Torre avversaria
. nel migliore dei casi si deve puntare alla Regina
. anche Torre-Afiere funziona bene
. sì è possibile combinarli lo scacco di scoperta e lo scacco doppio
. a quel punto si possono pianificare strategie divrse
. non sono molto forte in diesa la mia strategia e l'attacco
. grazie per il main post Guanchan, è stato molto utile
. vorrei applicarle contro sto cazzo di virus, le tecniche
. giusto! :D :D :D
. l'epidemia è un maledetto scacco di scoperta
. è pure SCACCO DOPIO!1! siamo costretti a chiudere tutto
. non cè altra via
. beh almeno possiamo allenarci

. già alla prossimaragazzi

Era vero: il virus aveva messo sotto scacco l'intera Europa. America e Inghilterra stavano sottovalutando la cosa, e Guangchan si stava pian piano convincendo che fosse un errore fatale. Di nuovo, ci fu il suono delle sirene delle ambulanze, con quell'effetto Doppler inquietante.

Marzo – Martina. Mamma

Anche prima che entrassero in vigore le restrizioni per i movimenti in Lombardia e nella ex-zona rossa, sua madre non ne aveva voluto sapere di scendere dal Trentino. Io qui sono al sicuro, ripeteva, lontana dalla gente e in pace con la montagna. Martina l'aveva presa come l'ennesima bizza di una mamma strana, ma con il passare dei giorni e il precipitare degli eventi, ne era stata felice. Di certo Canazei era meno gremita di Milano... un problema in meno di cui preoccuparsi. Le telefonava, un paio di volte a settimana. Di videochiamate non se ne parlava, con sua madre. Il caro e vecchio telefono andava più che bene. Dev'essere l'unica persona in Europa a non avere uno smartphone, pensò Martina.

Parlarono per qualche minuto delle bollette, del tempo che si era fatto bello ma pazzerello, del fratellino prodigio in Spagna. Dei risultati dell'Eco-Color-Doppler (alla fine, gliel'aveva detto). Giravano, tra un silenzio e l'altro, attorno alla questione, come avevano fatto in tutte le telefonate degli ultimi tempi. Martina si sforzava di sorridere, come d'abitudine, per trasmettere sicurezza ed empatia, ma dentro avvertiva una cavità profonda, un'eco vuota troppo simile allo sgomento. Avrebbe giurato che sua madre, quella donna altera e distante, stesse provando i medesimi sentimenti, anche se era più brava di lei a celarsi. Le raccontò di un paio di vicini in isolamento domiciliare, di quanto fosse elegante il Presidente la sera in tv, del figlio dei Conti che tossiva nello chalet di fianco.

«Tu cosa pensi della situazione?»

Da quando, tecnicamente, da consolata era diventata consolatrice? Qual era il momento esatto in cui quel senso di fastidiosa protezione dato dal vivere nell'epoca dei «ancora piccola», «troppo presto», «quando sarai grande», «quella gonna è corta» si trasformava in... questa roba nuova?

«Andrà tutto bene. Troveranno un farmaco, e poi un vaccino».

Si detestò. Onestamente, completamente: si detestò. Stava mentendo nel corpo e nello spirito. La parte fisica di sé stessa pretendeva attenzioni

mamma! ti ho appena detto che ho un problema al cuore!

e l'altra parte, quella relativa al pensiero logico, sapeva che un vaccino avrebbe avuto bisogno di mesi, se non di anni. Riusciva, questa parte, a concepire la durata di tempo delimitata dall'espressione

anni?

Non poteva esserne sicura.

Le vennero in mente i weekend a sciare su a Canazei, e la purezza della neve e del cielo trentino, d'un azzurro accecante, e quel bar dove aveva dato il suo primo bacio, e i pigiama party e i sogni al ritorno, stretta stretta nel giubbotto dentro la Mercedes del padre, quando il sole era ormai sceso e si tornava a casa. Quei sogni fatti di nuvole e tramonto, di picchi innevati e cervi dispettosi, di polenta e cinghiale, e i litigi per la sua scelta vegetariana, e le urla tra i suoi, e mamma che saluta e se ne va, e la paradossale libertà conquistata, quel dover crescere all'improvviso che ora prendeva tutto un altro significato.

La madre aveva continuato a parlare, ma Martina non aveva ascoltato nulla. Disse solo: «Va bene, mamma» quando lei la salutò con il solito «stai attenta», seguito da un profondo sospiro. Si guardò attorno con un brutto sapore in bocca, misto di liberazione e vergogna.

22 marzo – Simone. La tv

Wanda aveva di nuovo la febbre molto alta. La televisione diceva di contattare immediatamente il 112 o il medico di famiglia, ma Wanda continuava col dire che si trattava solo di debolezza. Non c'era bisogno di scomodare il medico, doveva solo riposare.

Certo che la televisione ne diceva, di cose strane. Simone osservò i numeri passare. 59.138 casi, 5.476 i deceduti. L'indomani ci si aspettava una flessione, dopo due settimane di restrizioni nazionali. Intanto orsi, caprioli e persino i lupi iniziavano a farsi vedere nelle città vuote. A Venezia erano arrivati i delfini. Le anatre si erano impossessate di Piazza di Spagna a Roma, i cigni navigavano vicino alle paratie dei Navigli di Milano. Una famigliola di cinghiali fu avvistata per le vie di Sassari, e i daini passeggiavano a Cagliari. Un cetaceo molto raro aveva fatto capolino sulla riva di Trieste. Le lepri invadevano i parchi di tutte le grandi città. Le acque dei fiumi e dei laghi erano cristalline, e i PM10 nell'aria ridotti all'osso. L'assottigliamento del Buco nell'Ozono sembrava arrestarsi. Un telegiornale provava a trasmettere positività, sull'altro canale il cronista aveva il viso cinereo, sull'orlo della catastrofe. Simone prese il telecomando e spense, si strinse le ginocchia tra le braccia e si guardò stancamente attorno.

Si ritrovò intento ad osservare la sua libreria, quattro mattoni disposti in verticale ed un paio di assi di legno. La sua libreria. Principalmente, qualche candela profumata, una chiavetta USB e un mucchietto di penne. C'era, in effetti, anche un libro, residuato di chissà che vita, chissà quale contatto di passaggio. La lunga marcia, si intitolava. Stephen King, quello che scrive gli horror.

Wanda lo chiamò dall'altra stanza. Aveva sete ed era scossa dai tremiti. Simone le portò l'acqua e le frizionò le spalle, cercando di riscaldarla. Wanda sorrise.

«Non ci siamo amati molto, io e te, vero Simo?». L'uomo restò inespressivo, fissando il cuscino vuoto alla destra di sua moglie.

«Non c'è niente di male. Succede a molte coppie. Sei un brav'uomo, comunque»

«Ti amo, Wanda»

«Ti amo anch'io, Simo. Puoi accendere i termosifoni?»

Il termostato indicava 20.8°C. Simone portò la freccia sui 23°C, senza discutere.

La televisione si riaccese come per magia: doveva essersi messo distrattamente il telecomando in tasca, e aveva forse urtato un qualche tasto. Il cronista elencava il Decalogo per sopravvivere psicologicamente alla reclusione, forzata dalla pandemia.

1. Mantenere inalterato il ritmo sonno-veglia
2. I giorni non sono tutti uguali
3. Prendersi cura della propria persona
4. Mantenere contatti sociali
5. Attività fisica
6. Progettare il futuro
7. Spazio-Tempo personale
8. Limitare i notiziari
9. Ironia
10. Curare l'alimentazione

Poi furgoni militari, in fila uno dietro l'altro, procedevano lentamente lungo una strada di città.

Il sottopancia recitava

BERGAMO: CAMION DELL'ESERCITO CON BARE DI MORTI.

Li portavano alla cremazione.

Simone si strinse le gambe forte, fortissimo, con gli occhi spalancati.

Non morirò solo: moriremo tutti.

23 marzo – Luca. Sedazione

Ventidue guardie furono picchiate e torturare, quattro persero la vita, le evasioni furono trentuno e si registrarono sei morti per overdose di farmaci, prima che la rivolta venisse sedata. Alì aveva un brutto taglio, proprio sopra l'orecchio sinistro, ma in fin dei conti stava bene, anche se non poteva mandare o ricevere informazioni a/da Rkia, che sicuramente stava morendo di preoccupazione, lì fuori. A Luca era andata peggio: i secondini erano riusciti a beccarlo dopo dieci ore di autogestione del carcere, e si erano vendicati, al grido di «lo facciamo per il tuo BENE». Si sentiva tutte le ossa rotte, gli avevano ingessato il busto e un braccio. Era a malapena in grado di guardarsi attorno, con gli occhi tumefatti e il collo completamente bloccato. Non che ci fosse molto da vedere, in fondo: la cella d'isolamento dov'era stato scaraventato era buia, due strisce di luce tenue sgattaiolavano dai cardini della porta. Aveva sete e voglia di vomitare. Avrebbe anche voluto strillare, ma la voce gli moriva in gola. Probabilmente era stato sedato. Mancavano 972 giorni alla scarcerazione.

Nella cella di fianco, qualcuno si lamentò. Una specie di indefinito sussurro arrivò da più lontano; forse una guardia, o un altro detenuto in isolamento. Il lamentoso rispose ad una qualche domanda.

«...per il nostro... un cazzo! Fascisti... sulle loro teste»

Luca non riusciva a seguire il discorso. La sua testa gli restituiva solo colpi, duri, con intensità a salire, di volta in volta. Gli occhi bruciavano nelle orbite, sotto le palpebre tremanti. Avrebbe voluto dormire, ma ogni volta che i muscoli del collo si rilassavano e la testa si chinava un minimo, un dolore lancinante attorno alle tempie lo svegliava di nuovo.

«...virus... perdere»

Il collega di sventure, dall'altro lato del muro, invece, sembrava sveglio e polemico. Il dialogo a distanza tra i due altri isolati continuava.

«...salute...»

«...fuori... disastro»

«...morti»

«sì»

«uscire...»

«...mai»

«...»

«'osa?»

«...»

«MAI, DICO!»

Era stato un guaio. La rivolta, le botte, i morti. Era stato un grosso guaio. La rabbia aveva ceduto il posto al dolore, e un inquilino scomodo si aggiunse alla festa, una sensazione del tutto simile al terrore: e se il virus fosse entrato lì dentro?

24 marzo – Roberto. Routine

Roberto aveva intrapreso una routine per mantenere un minimo di stato di salute fisico: si svegliava presto, al mattino. Faceva stretching per un quarto d'ora, e poi si imponeva di camminare, nella zona giorno, avanti e indietro, per almeno trenta minuti. Giada dormiva un'oretta in più, e lui aveva la casa a disposizione per quegli esercizi. Senza apparire troppo strano. Il Decalogo sconsigliava di stravolgere le proprie abitudini di veglia-sonno, ma le sue erano stravolte già ben prima della crisi, con le sue notti insonni e gli occhi piantati sullo schermo fino al mattino. Svegliarsi presto gli sembrava una buona idea, così come quell'esercizio costante e la pianificazione dei lavori futuri, alternando tra montaggio video e post-produzione fotografica, per non fossilizzare l'attenzione su un solo progetto e non perdere lo sguardo d'insieme.

Durante questa sua passeggiata indoor, verso le 8.00 del mattino di quel marzo folle, sentì un suono provenire dal balcone. Una specie di cinghia che girasse a vuoto. Ne fu dapprima colpito, poi, incuriosito, aprì la porta-finestra e un uccello scappò via: ciò che aveva sentito era il frollare delle ali di un piccione, probabilmente. Sul pavimento del suo balcone tre o quattro ramoscelli a confermare il suo dubbio. Istintivamente guardò all'insù, e vide una bozza di nido, momentaneamente fallimentare, proprio sul bordo della sua tenda automatica da sole. Stabilì solo dopo che si trattava di una coppia di colombi, che lavoravano insieme ai primi raggi di sole. Sorrise, si armò di telecomando e, da quel giorno in poi, mentre camminava su e giù lungo la cucina e la sala da pranzo, o attorno al divano del salotto, apriva e chiudeva la tenda da sole, frustrando il tentativo degli imperterriti colombi.

Alla fine dei suoi esercizi, si mise davanti al Mac e continuò il montaggio del videoclip. Era un buon lavoro, scorreva fluido. Quando montava, si scordava del virus. Sentì Giada alzarsi nella camera da letto, quasi la vide attraversare il corridoio della zona notte e raggiungere il bagno. Con gli occhi continuava il suo progetto in Final Cut Pro, ma con le orecchie era tutto teso ai suoni dell'altra stanza. Negli ultimissimi giorni Giada gli era sembrata distante. Più taciturna, con le spalle basse dentro il suo pigiamone di pile, forse ancora più ingombrante del solito, come si fosse smagrita percettibilmente. Il colore della sua pelle era cambiato: Roberto usciva sul balcone ad ogni occasione – e ce ne erano state poche, in quel colpo di coda di freddo sul finire di marzo. In questo modo, riusciva a racimolare un po' di Vitamina D: aveva letto da qualche parte che venti minuti di esposizione sono sufficienti per farne una bella scorta. Rimaneva il dubbio di quell'adagio sui mesi con la R. Giada invece no; si trascinava sempre più stancamente di fronte al suo laptop, indossava il sorriso di circostanza (erano pur sempre ragazzini) e faceva le sue lezioni online, dopo il blocco delle scuole. Era stata più fortunata delle altre insegnanti, poco avvezze allo smart working e per niente pratiche nella configurazione di una rete casalinga. Qualcuno se la cavava con lo smartphone, ma per la maggior parte era un bel problema. I ragazzi però vivevano positivamente la novità; sempre meglio che stare in classe.

25 marzo – Pietro. La Skype call
Pier seguiva la sua lezione di matematica in collegamento con la prof Giada e i suoi se ne stavano in cucina.

«Dal greco epì-dêmos, sopra il popolo, sopra un popolo. Ma questa non è un'epidemia, è una pandemia, Dio Cristo! Pan-dêmos, è su TUTTI i popoli! É planetario, il problema! E questi si occupano dei vecchi decrepiti, dei barboni! Dei criminali! Non ci posso credere! Ci lasceranno morire senza curarci!»

. Come riconosciamo un monomio? Vuoi provare tu, Kevin?

. si prof, perché non ci sono i segni + e -

. Esatto: l'espressione algebrica monomio contiene solo moltiplicazioni e divisioni, o potenze. Fin qui è chiaro per tutti?

In un tripudio di lag, pixel quadrettati e ritardi in eco, la classe virtuale rispose affermativamente. Lo fece anche Pier, mentre prendeva qualche appunto su una pagina di Note, aperta sul desktop di fianco alla Skype call con la prof Giada e altri diciannove alunni.

«Cosa ci fanno? Cosa ci fanno 30.000 soldati americani sul suolo europeo? Loro la mascherina non la portano! Hanno forse un vaccino, 'sti cazzo di americani?»

. Parliamo ora di addizione e sottrazione di monomi. Scrivete: più tre a, meno otto a al quadrato, b al cubo, meno due quinti a, b, c al cubo

Pier risolse il compito rapidamente, inviando in una chat privata il risultato a Giada.

. Molto bene, rispose la prof.

«Hanno contagiato l'intero mondo! Ma non mi fregano! Questi vogliono toglierci ogni libertà, ci stanno soggiogando il pensiero! Eh, tanto siamo tutti fregati da questo virus, vero!? Tutti avremo solo pensieri di morte, di terrore! Cinesi di merda! Dobbiamo riappropriarci del nostro DIRITTO di uscire! Sono solo i figli di papà che si possono permettere la quarantena!»

. Passiamo ora alla divisione di un polinomio per un Pier sentì un rumore, un grosso *ciaf!* provenire dalla cucina. Suo padre doveva essersi arrabbiato di nuovo. Forse sua madre aveva detto qualcosa di sbagliato. Fu indeciso fino all'ultimo momento: alzarsi o no? La lezione era ancora in corso. Di certo la prof non lo avrebbe sgridato. Avrebbe potuto chiedere di andare in bagno, forse. Ma alzarsi per cosa? Erano i suoi, quelli di là! Ma' e Pa'. Forse Pa' aveva picchiato Ma'?

Che diavolo di pensieri! Certo che no! Pa' era buono. Un po' severo, ma giusto. E Ma' era tanto dolce. Non l'avrebbe mai fatto di nuovo. Trattenne per qualche attimo il respiro, fin quando non sentì scoppiare i polmoni: dalla cucina nessun suono. Il tempo restò come sospeso, poi fiatò di nuovo e tese l'orecchio: nulla si mosse. Anche la sua insegnante, dall'altro lato dello schermo del laptop, taceva: aspettava che gli altri alunni inviassero la soluzione dell'espressione nella chat privata. Poi uno *SLAM!* fece tremare i muri della casa. Pier udì i passi nevrotici e pesanti di suo padre, nell'androne delle scale, e sua madre che iniziava a singhiozzare. Il suono si spostò dalla cucina al bagno, un po' più vicino di quanto volesse.

. cos'era??!! digitò Gaia

. che botto! rincarò Kevin

. Tutto bene, Pier? era Giada, in privato

. si prof, tutto bene

. Cos'era quel suono?

. è caduto l'iPad dalla scrivania mi scusi improvvisò Pier.

. Tutto bene a casa?

. sisi tutto bene e aggiunse: . un po' di noja

. Si scrive noia, Pier, con la i semiconsonantica. Comunque, sono contenta che stiate tutti bene. Saluta la mamma.

. grazie

La prof Giada era un po' strana. Però era in gamba, e la matematica piaceva molto a Pier. Era facile, mate. La Storia era un problema, invece.

Pietro si scapicollò lungo le scale con uno scopo preciso: non rendere orfano suo figlio. L'avrebbe uccisa, quella scema. Avrebbe voluto strozzarla. Ma non capiva la situazione? Non riusciva proprio ad accenderla, quella testolina di cazzo? Tutti, tutti erano contro di lui. E tutto per colpa dei cinesi. I cinesi che ormai il problema l'avevano risolto, figurati, coi carrarmati e i fucili. Perché così si fa: ogni tanto, bisogna dare una riorganizzata. Come con le pulizie primaverili: una bella ramazzata e via così. C'era bisogno di ordine, di pulizia. La gente doveva capire che non si può morire negli appartamenti come topi in gabbia. Gli venne l'acido in bocca, e Pietro sputò per terra.

Tutti dovrebbero contagiarsi, pensò. *Tutti, per avere una sacrosanta immunità di gregge. Qualcuno resta indietro, ci saranno dei morti. E che vuoi farci, baby? É l'evoluzione che tanto sbandierate ai quattro venti!*

A Pietro succedeva, ogni tanto. C'è di buono che ne era cosciente: cercava di limitarsi a fare il buon maritino, e voleva bene a suo figlio Pier ma, di tanto in tanto, perdeva le staffe. Un sangue bollente e velenoso gli saliva al cervello, e sbottava, così, senza preavviso. La moglie lo sapeva. Era un po' scema, è ovvio, la sua mogliettina tutta casa e gonne lunghe, ma lo sapeva. Di solito evitava di farlo irritare. Ogni tanto, però, anche lei aveva bisogno di essere rimessa a posto. Anche lei aveva bisogno di un po' di pulizia. Con quel destro che gli aveva lasciato sulla guancia se ne sarebbe stata tranquilla per un po'. Siamo tutti tesi, pensò Pietro. È una situazione nuova e angosciante, per tutti. Quei cazzo di telegiornali danno i numeri. 69.176, ieri sera. E poi i morti: 6.820. Notevole. Ma tu guarda che pensieri mi tocca fare. Che cazzo di periodo per essere al mondo! Sarebbe meglio se tornassi a casa. Non sono in vena di star fuori. Forse non sono in grado. C'è il virus in giro. Ma che dico! Il virus mica svolazza allegramente per la Lombardia! Non ho toccato nulla, non ho visto nessuno. Torno a casa.

Però non mi dispiace fare quattro passi. Le endorfine faranno il resto.

C'è così tanto silenzio che, se ti concentri, puoi sentirti pensare.

26 marzo – Martina. Madrid

Martina chiamò suo fratello Carlo. Aveva, come tutti, visto le scene di Madrid e i corpi stesi al Palacio de Hielo di Madrid, in Calle de Silvano, grottescamente trasformato all'occorrenza in un gigantesco obitorio. Sapeva che Carlo stava bene, si erano scritti su WhatsApp nei due giorni precedenti. Ora però aveva voglia di vedere il suo volto e sentire la sua voce. Sentiva di essere ancora forte, di fronte allo sfacelo, ma la solitudine stava iniziando a grattare quella scorza tirata su con tanti sacrifici, nel tempo.

«Ciao Marti»

«Ciao Carlo. Come va lì?»

«Eh, la situazione è tragica. Tra un po' superiamo l'Italia. Non so se hai visto *lo que pasó en el Palacio de Hielo*», poi si corresse: «Quello che è successo al Palazzo di Ghiaccio»

«Sì, ho visto, purtroppo. Tu come stai?»

«Mah, bene. La salute non mi preoccupa, sono in casa da molti giorni, ormai sono quasi due settimane. Il problema è il lavoro»

«Sono saltate le serate?»

«Tutte! E non solo: avevo la registrazione del disco, ad aprile. Dovevo entrare in studio prima di Pasqua! Si ritarderà tutto. E poi i miei amici: i fonici sono sull'orlo del suicidio. Gli elettricisti, gli addetti alle luci: è saltato tutto, tutta la squadra»

«É dura, lo so»

«Tu come stai, Marti?»

«Io sto bene. Ho sentito Genitrice Uno, dice che sta bene. Cura l'orto sotto casa»

«E beata Genitrice Uno. Io ho un metro quadro di balcone, non riesco neanche a prendere il sole su tutto il corpo!»

«Stai attento al mangiare?»

«Non molto, a dire il vero»

«Peserai una tonnellata!»

«Non rompere anche tu»

«Va bene». Carlo indossava la sua t-shirt di Hendrix. Martina gliene aveva regalata una dopo il viaggio in Austria con la scuola, quando suo fratello era praticamente un bambino. Anche se cercava di non farlo, non riusciva ad evitare di pensare che la passione per la chitarra derivasse da quella maglietta, stupida, sdrucita e a basso costo. La seconda era arrivata da Nizza, dov'era stata per presenziare un convegno. Magliette di Hendrix ovunque: quella sì che era comunicazione. E già all'epoca Carlo aveva superato il quintale. Sembrava star bene, però: grintoso e un po' incazzoso, frenetico, sudato e di buon cuore. Il suo fratellino, insomma.

«Marti, devo dirti una cosa». Ogni singolo pelo del corpo di Martina si drizzò.

«Ch'è successo?»

«Sono stato male»

«In che senso?»

«Il mese scorso. Avevo la febbre molto alta»

«Cioè??»

«Febbre a 39.5°C e mal di testa. Non passava, Marti»

«Ma mamma lo sa?»

«No. E fatti i cazzi tuoi»

«Ma sei scemo?», e, dopo una pausa: «Hai avuto il virus?»

«Non quello. Ho avuto la meningite. Sono stato in ospedale una settimana»

«Ma che cazzo stai dicendo??»

«La verità. L'*ambulancia* è venuta e mi hanno ricoverato. Mi hanno eseguito un test del midollo spinale. Dicono che questo virus è sessualmente trasmissibile»

Ma che cazzo hai combinato?, pensò Martina. Tenendo per sé quel commento. Probabilmente, suo fratello se lo era già chiesto abbastanza.

«Ma come stai adesso?»

«Bene, però mi fa un po' male la schiena, dove hanno preso il midollo»

«È stato doloroso?»

«Non voglio pensarci. Di buono c'è che ho finito un paio di giorni fa di prendere gli antivirali»

«Beh, almeno sei coperto per la pandemia»

«Sono due cose diverse»

Martina sospirò. «Lo so. Scherzavo»

«*Vale*». Poi aggiunse: «Scusa. Non lo sa nessuno. Dovevo dirlo a qualcuno»

«Adesso stai bene, ti senti bene?»

«Sì sì, tutto bene. Mi piacerebbe solo uscire a fare una passeggiata»

L'idea che quel pigrone di Carlo, che sudava anche solo all'idea di alzarsi dal divano per prendere una birra dal frigo, avesse voglia di passeggiare, la rese ironica e un po' nervosa.

«Tu?! A passeggiare?»

«Sì, non ci crederai, ma sì: tuo fratello, per la prima volta in vita sua – *joder*, vuole passeggiare!»

«Lo farai presto», rispose Martina.

«Sei incinta?»

«Cazzo dici?»

«Hai risposto come una madre»

«Non dire stronzate. Cercavo solo di rassicurarti»

«Appunto, come una madre!» e Carlo giù a ridere.

«Non la tua, però»

«Tu come l'hai sentita, Genitrice Uno? A me è sembrata strana»

«Tutta la situazione è strana, Carlo» e ancora una volta quel nervosismo tornò a salire.

«Genitore Due l'ho sentito bene, invece»

«E chi lo ammazza, quello. L'altro giorno è venuto a suonarmi a casa. L'ho dovuto cacciare a pedate! Mi dispiace, ma dobbiamo stare attenti». Poi aggiunse: «Avevo tanta voglia di farmi abbracciare. È strano»

«Lo so. Ora devo andare, sto studiando una roba. Almeno, ho tempo per lo studio»

«Questo è vero. Io però non sto riuscendo a pianificare i prossimi lavori»

«Dai sorella che ce la fai. Fai la brava, Marti»

«Anche tu. Stai – attenzione»

Carlo sorrise e fece ciao ciao con la mano in cam. Martina strinse le labbra tra i denti con forza, fin quando non ce la fece più, e pianse. Pensare a sua madre sola a Canazei e a suo fratello che aveva avuto la meningite (la meningite, diosanto!) disperso a Madrid (Madrid, cazzo!) fece schizzare il suo nervoso oltre quei limiti che poteva sopportare.

27 marzo – Guangchan. Il pesto

Dopo quattro settimane di reclusione forzata, persino andare a comprare da mangiare sembrava una grande avventura. Guanchan aveva potuto soddisfare in pieno la sua voglia di scacchi; ora però gli mancavano le cornici di Maurizio e vedere qualcuno, anche solo per un Negroni. Gli venne voglia di gin, indossò la mascherina, calzò i guanti di lattice, fece venti minuti di fila ordinata a un metro di distanza rispetto all'uomo che lo precedeva; e dal supermarket, insieme al lievito, l'acqua, gli yogurt, le svizzere, il taleggio, le trofie, il basilico, il parmigiano, i pinoli, il sale, il pecorino, l'aglio e l'olio, riportò Martini Rosso, Campari e Gordon's.

Era carico come un mulo, al solito, ma il portone della sua casa non era poi così lontano. Solo la cassa d'acqua iniziava a indolenzirgli l'interno delle falangi. Poco male, mancava davvero poco.

Lo avvertì avvicinarsi come un animale avvertirebbe una pioggia improvvisa, con un senso arcaico che non era sesto né settimo. Forse il senso zero. Il tempo si dilatò. Si fermò stranito, sulle strisce pedonali di una strada vuota, nel silenzio. Solo il cuore che aumentava i battiti, e il respiro affannoso per la camminata con tutti quei carichi. Si guardò intorno, prima a sinistra, poi a destra. I marciapiedi erano deserti, com'era diventato uso, nelle ultime settimane. Poco prima che potesse voltarsi e vederlo arrivare, Pietro lo colpì con i due pugni uniti, al centro della schiena. Guangchan s'inarcò e la spesa cadde a terra. Le bottiglie di Martini e di Campari si ruppero, dilaniando il sacchetto di plastica di mais e macchiando di rosso le pietroline più chiare dell'asfalto. Il dolore era stato così lancinante e improvviso che il ragazzo vedeva solo lampi di luce, di fronte a sé. Momentaneamente accecato, di nuovo non percepì Pietro che ricaricava l'attacco, calciandolo su un fianco. Guangchan si girò d'istinto a coprire quel nuovo dolore, e il secondo calcio lo centrò in petto. Una rosa rossa di lancinanti spasmi gli si aprì dallo sterno fino ai reni.

«Colpa vostra!», urlava quell'altro. «Tutta colpa vostra».

Guangchan provò ad alzare una mano in segno di resa, e a biascicare un «Signore…», ma non ci riuscì. Pietro gli bloccò il polso per terra e raccolse un coccio delle bottiglie rotte.

«Voi e il vostro virus. Siete infetti» e gli tracciò un confuso ghirigoro sull'avambraccio. Questa volta Guangchan riuscì a divincolarsi. Subito dopo, sentì qualcuno strillare.

«Ma che stai facendo?»

«Abbiamo chiamato la polizia!»

«Pezzo di merda»

«Figlio di puttana!»

«Lascia stare quel ragazzo!»

«Stanno arrivando i vigili»

Pietro si alzò da terra, affannato. Guardò tutti quegli italiani inconsapevoli alle finestre, sui balconi, che lo giudicavano. Vedevano il mostro. Al caldo, protetti dietro i muri delle loro case di proprietà, lamentosi sui loro divani in ecopelle, falsamente scocciati dalla quarantena condita di tv. E se la cavavano così, con le strilla. Con i cellulari. Codardi.

«Scendete. Scendete, cazzo! Vi riduco come il ciaina, qui. A pezzetti, vi faccio»

Corse sotto un balcone, ringhiando contro una signora in là con gli anni, che si ritrasse nella sua vestaglia azzurra. Il suo vicino invece continuava ad inveire.

«Infame! Sei un infame! Te la prendi con un ragazzino!»

«Scendi, pezzo di merda! Scendiii!»

Quello, come tutta risposta, gli sputò. La saliva salì nel cielo grigio di marzo e concluse la parabola a pochi centimetri dalla scarpa di Pietro. Un qualche meccanismo difensivo doveva essere scattato, dentro di lui, perché ebbe un tremito e si bloccò a guardare quella macchiolina scura a un tanto così dal suo piede, dal suo corpo, dalla sua testa. Dalla sua faccia. Aveva la bocca spalancata ed ansimava. In lontananza, le sirene avevano una voce diversa dal solito, più argentine, brillanti. Un assolo di ululati. Altri, tra quelli affacciati al balcone e alle finestre, iniziarono a sputare nella sua direzione. Pietro portò istintivamente le mani sporche del sangue del ragazzo al viso, sopra la testa, proteggendosi da attacchi che ora si erano fatti invisibili: gli sputi arrivavano dappertutto. Qualche ingegnoso doveva aver portato dell'acqua, perché i suoni si fecero scrosci, e quel bombardamento spettrale e volgare lo tempestò. Nessuno riuscì a fare centro, ma alcune gocce d'acqua rimbalzarono sulla sua scarpa e sui risvolti dei pantaloni. Ebbe appena il tempo d'intravedere una donna che faceva degli sciacqui vistosi, gonfiando e muovendo le guance tonde, e poi sputava altra acqua nella sua direzione, prima di scappare.

Guangchan tentò di rialzarsi da terra, ma non ce la fece. Tutta la parte destra del suo corpo non rispondeva ai comandi, e il petto spingeva sui polmoni, non facendo entrare l'aria.

Ho qualcosa di rotto, pensò il ragazzo.

«Stanno arrivando»

«Stai calmo», gli dicevano dai balconi. Le sirene erano in effetti sempre più vicine.

«Ma è cinese?», commentò qualcuno.

«Signora, per favore!»

«Io ho solo fatto una domanda»

La polizia parcheggiò al centro della strada e spense finalmente quel caos assordante di sirene e lampeggianti. L'agente scese dall'auto, lo guardò, poi tornò indietro e indossò una mascherina. Si avvicinò senza mai scendere sotto una certa distanza.

«Stai bene?»

Guangchan emise un paio di lamenti.

«Dove ti fa male?»

Il ragazzo portò quasi istintivamente una mano grondante al centro del petto. L'altro braccio aveva dei brandelli di carne ciondoloni.

«Stai tranquillo. L'ambulanza è già per strada, arriva subito»

Il suo collega, dopo aver ascoltato alcune confuse e infervorate dichiarazioni dalle persone affacciate, invitò tutti a rientrare nelle proprie case. Tolse i guanti d'ordinanza e indossò quelli in lattice, e si avvicinò al ragazzo che giaceva per terra, tra cocci di vetro e sprazzi di sangue.

«Come sta?», chiese a Sbirro Numero Uno.

«È conciato», bofonchiò quello. Sbirro Numero Due si avvicinò molto di più rispetto al suo collega, e toccò un braccio di quel ragazzo cinese stravolto.

«Stai tranquillo. Stanno arrivando. Rientrate nelle vostre case, ho detto!»

28 marzo – Rossella. Sala d'aspetto
86.598 contagi. 9.134 morti.

Rossella aveva sentito i suoi genitori solo un paio di giorni prima, ma i numeri l'avevano depressa e spaventata. Cercò di contattare sua madre, senza successo. Neanche il padre rispose alla chiamata. La tensione montò dentro di lei. Girò e rigirò attorno al tavolino della cucina, guardando ossessivamente il cellulare, aspettando che qualcuno la richiamasse. Dopo qualche ora, il cellulare vibrò. Lo afferrò con tale velocità che quasi le sfuggì di mano. Era uno stupido WhatsApp pieno di fantasticherie su un vaccino tedesco comprato in esclusiva dagli americani. Rossella sospirò e guardò fuori dalla finestra. Sotto casa regnava una terrificante pace mai vista prima. Chiuse gli occhi e cercò di controllare il proprio respiro: sentiva un attacco di panico in arrivo. Non ne aveva mai sofferto, ma la tv diceva che non sarebbe stato inusuale sviluppare problemi quali ansia, depressione e, appunto, panico. Non aiutando nello scopo.

Sullo schermo del cellulare apparve un numero sconosciuto, che iniziava con +39 02. Un numero di Milano città. Rossella rispose.

«Pronto?»

L'Ospedale chiese conferma delle sue generalità e le comunicò che una coppia di anziani era stata ricoverata dopo aver rapidamente sviluppato problematiche respiratorie. La donna all'altro capo del telefono le diede i nomi e i cognomi di sua madre e suo padre.

«Ma come?», riuscì a balbettare Rossella.

«Lei ha avuto contatti con i suoi genitori nelle ultime due settimane?»

i miei genitori... mia madre

«N-no»

«Ne è sicura, signora? Questo è un virus subdolo, e può trasmettersi con un semplice abbraccio, o un bacio. Lei è sicura di non aver fatto visita ai suoi genitori?»

Rossella ricordava con esattezza l'ultima volta che aveva visto dal vivo sua madre: il 28 febbraio, esattamente un mese prima. Era il giorno del suo compleanno. Sua madre aveva fatto la polenta con le salsicce, che ancora non capiva, a quarantadue anni suonati, come a lei non venisse mai così buona.

«Ne sono sicura, signora. Ho visto mia madre l'ultima volta un mese fa»

l'ultima volta

«Non posso mandarle nessuno per portarla qui. Tutti i mezzi sono fuori. Lei ha modo di raggiungerci?»

«Non so se i mezzi pubblici sono stati soppressi»

«No, signora. Sono stati rimodulati e ridotti, ma sono in funzione. Indossi i dispositivi di protezione e mantenga una distanza di minimo un metro; superiore, se possibile. È molto importante che lei ci raggiunga in fretta, ha capito signora?»

«Sì», sussurrò Rossella.

«Quando è qui, chieda della dottoressa Mari. Emme a erre i. D'accordo, signora?»

«Dottoressa Mari. Sì. Grazie». Ne prese nota mentalmente.

L'Ospedale distava sette fermate della metro verde. Rossella si vestì al volo, indossò la mascherina e i guanti, infilò nella borsa altre due mascherine per i suoi genitori e uscì di casa. Il suo treno passò mezzora dopo, completamente vuoto.

Fece il nome della dottoressa Mari alla reception, grattandosi nervosamente il dorso della mano destra attraverso i guanti azzurri. Il medico si avvicinò in fretta, scafandrata come nei film catastrofici che però finiscono sempre bene. Rossella rise amaramente, dentro di sé, di quel pensiero.

«Tu sei Rossella?»

«Sì, buongiorno dottoressa»

«Buongiorno. Tua madre ha chiesto molto spesso di te»

«Come sta?»

«Seguimi, dobbiamo subito farti il tampone»

Si incamminarono a passo veloce lungo un corridoio di linoleum verde, la dottoressa spalancò la porta del reparto Malattie Infettive e cambiò la mascherina di Rossella.

«La situazione è seria, per tutti e due. Ma è tua madre che mi preoccupa. Sai se ha sofferto di asma bronchiale?»

«Sì. Ma che significa *seria*?». Rossella sentì pungere gli occhi, e la dottoressa Mari vide le sue labbra tremare, e farsi fanciulla su tutto il volto.

«Una macchina al momento respira per lei. È stata fortunata: ieri abbiamo avuto meno casi di terapia intensiva, ed oggi c'è una macchina che può occuparsene. Tuo padre invece respira autonomamente».

Le lacrime scendevano ormai copiose, rigandole il viso, che si era fatto paonazzo. Si spegnevano sulla spugnosità della mascherina bianca, ammorbidendola. La dottoressa, parlando del macchinario, aveva abbozzato un sorriso consolatorio sotto lo scafandro. La cosa non era riuscita a calmare Rossella, che ora oscillava tra la confusione e il panico.

«Li ho sentiti l'altro ieri! Stavano bene!»

«Lo so. Purtroppo, questa cosa va così. Ora è molto importante eseguirti un tampone»

«Un tampone?»

«Sì. É la prassi. Seguimi»

Rossella sentiva le forze venirle meno, ma si sottopose al test. La dottoressa Mari eseguì il tampone attraverso il naso, fino alla cavità faringea. Non fu piacevole.

«I risultati arriveranno entro domani» *o prima, se fosse positivo*, pensò il medico. «Nel frattempo, resterai qui in isolamento»

«Posso vedere i miei genitori?», chiese senza troppe speranze Rossella.

«Mi duole dirtelo, ma questo è fuori discussione. I reparti sono separati e regolati da norme igienico-sanitarie molto severe»

«Non posso vedere mia madre?»

«Mi spiace, Rossella. No»

Quel *no* era stato categorico, ma non prepotente. Definitivo, ma non superficiale. Rossella percepì empatia. E un senso di fretta. Riusciva a capirlo.

«Ti faccio vedere la tua stanza».

Quale medico dava del tu alla prima capitata? E in quella situazione? La dottoressa le andava a genio, per quanto fosse in grado di provare quel sentimento, in quel momento. I suoi erano finiti in Ospedale. Durante una pandemia. Per il virus. Sua madre era intubata.

pandemia
mia madre
intubata

Sua madre che voleva visitare la Scandinavia. Sua madre che aveva imparato a fare le videochiamate. Sua madre che aveva sempre lavorato, senza ritagliarsi un momento per sé stessa. Sua madre che aveva avuto i capelli neri oltre i settant'anni, senza bisogno di tingerli mai. Sua madre era intubata. Le dispiaceva per suo padre, si sentiva morire nel cuore, ma lui stava meglio, aveva detto la dottoressa, e se sua madre... se se ne fosse andata, Rossella non avrebbe saputo gestire la cosa.

intubata
cosa fare quando muore un genitore

Immaginò esistessero delle istruzioni, delle linee guida su come comportarsi. Magari su Google. Ma che cazzo stava dicendo? Sua madre non sarebbe morta! Oppure sì, come gli altri diecimila. Intubata. Intubata e sola. Soffocata. Rossella svenne.

Sentì qualcuno che la chiamava, come se la voce provenisse dal fondo di un profondo tombino.

Rossella?

era suo il nome che aveva sentito?

Le fu difficile aprire gli occhi. La luce delle lampade sui muri era troppo forte.

Rossella, mi senti?

Le faceva male la lingua. Doveva essersi morsa, durante quel periodo di tempo che non ricordava. Riconobbe uno scafandro familiare.

«Rossella, riesci a sentirmi?»

La dottoressa Mari la teneva tra le braccia. Rossella era riversa sul linoleum, le gambe le formicolavano.

«Un calo di pressione», sentenziò un altro scafandro, vicino al suo fianco sinistro e con una pompetta in mano. Da qualche parte notò una terza persona, con lo stesso outfit, tenersi a distanza. La dottoressa la aiutò ad alzarsi da terra, e la fece sedere su una sedia nel corridoio.

«Come ti senti?»

«Mi gira la testa», rispose Rossella.

«Andrà meglio. Covi, tienila in osservazione nelle prossime ore». Strinse la spalla della donna, e poi scomparve dietro una porta, muovendosi bene all'interno di tutte quelle protezioni.

Dopo qualche minuto, il dottor Covi l'accompagnò in una stanza. Non c'erano letti, in quello spazio verde e azzurro, stretto.

e se fossi claustrofobica?, si ritrovò a pensare.

«Stia tranquilla. Si sente meglio? Come vanno le gambe?»

«Formicolano ancora un po'»

«È normale. Non si preoccupi»

«Cosa succede, ora?»

«Ora sarà in osservazione, controlleremo i valori e analizzeremo il suo sangue»

Rossella intervenne: «Parlavo dei miei genitori»

Il dottor Covi abbozzò un cenno interrogativo. Poi subito aggiunse: «Sono qui per il virus?»

«Sì, porca puttana, sono qui per il virus! Mi hanno appena detto che mia madre è attaccata al ventilatore!», e di nuovo le lacrime tornarono a scorrere. Rossella si accorse così che le avevano cambiato la mascherina, perché era secca. Il suo naso, sotto, era invece gocciolante. Il dottore prese un fazzoletto per permetterle di asciugarsi, poi lo chiuse in una busta sigillata e lo infilò in un cestino chiuso, con un simbolo di pericolo, giallo e nero. Infine, si disinfettò i guanti. Rossella annotò quel gesto nell'assurdo di tutto ciò che le stava succedendo.

«Quanti anni hanno? Ci sono delle malattie pregresse?»

«Queste sono cose che dovreste dirmi VOI!», sbottò la donna. Se ne pentì immediatamente. Nei pochi minuti coscienti che aveva passato dentro l'Ospedale si era accorta rapidamente del delirio che dominava assoluto. I lamenti dei degenti uscivano da ogni porta, i medici e gli infermieri lavoravano senza sosta, scappando come formiche da una stanza all'altra. Magari in una di quelle si trovava suo padre.

«Questo è il reparto infettivo», la informò il dottor Covi, come intuendo i suoi pensieri. «Se i suoi genitori sono in terapia intensiva, sono in un reparto diverso, e purtroppo non ne sono stato informato. Io mi occupo di chi è qui»

«Mi scusi, dottore. Mi scusi, io sono...»

«Non si preoccupi, è normale. Le gambe vanno meglio?»

«Sì, grazie. Potrei avere dell'acqua?»

«Certo. Torno subito», e sparì, uscendo dalla porta della piccola stanza.

Si sentiva ancora in imbarazzo per la scenata precedente, quando notò della confusione nei corridoi. Vide il dottor Covi correre in direzione opposta; la sua acqua poteva con tutta probabilità aspettare. Qualcuno gridò. Rossella chinò il viso e provò a respirare. Il formicolio alle gambe si era acutizzato, probabilmente il sangue stava tornando in circolo. Provò a mettersi in piedi, a fatica. Ci riuscì. E non poté fare altro che strillare, con tutta la forza che aveva. Un suono acuto e grattato, lungo, interminabile. Quando smise, i polmoni le bruciavano e si sentiva più... magra, quasi. Le tempie pulsavano, indolenzite. Nessuno accorse, comunque. Tornò a chinare il viso, impotente. Non c'era niente, niente che potesse fare.

Una infermiera sgarbata entrò e le consegnò un camice. Indossava la mascherina solo sulla bocca, lasciando scoperto il naso. Rossella arretrò inconsciamente di qualche centimetro, quando se ne accorse. L'infermiera corse via dicendole «si cambi». Restò ad osservare il tavolino, la stanza e le sue stesse gambe, poi eseguì l'ordine. Si ritrovò così, mezza nuda e in preda ad un panico sottile. Sentì freddo. Il dottor Covi non tornò. La dottoressa Mari chissà dov'era. E sua madre...

Aspettò diligentemente per più di un'ora, in compagnia delle sue ansie. Una seconda infermiera, ben protetta, entrò nella stanza e le chiese se fosse in grado di camminare. Rossella rispose di sì, e la seguì. Nei corridoi muri di vetro, e oltre i muri esseri umani proni ammassati tra letti stretti stretti, e tubi che lavoravano a provare a tenerli in vita. Medici e infermieri correvano, correvano ovunque, correvano alla disperata. Si diceva non vi fossero abbastanza macchine per tutti

non lo ha detto anche la Mari?

quindi come funzionava? Come sceglievano a chi dare la macchina per respirare e a chi no? E la risposta era così ovvia, razionale, certa. Lì dentro si trovavano a decidere, ogni giorno, chi muore e chi vive. Il protocollo, forse non detto, era obbligato dalla vita stessa. Sua madre aveva 79 anni. Si fermò lì, al centro del corridoio.

«Signora...», la chiamò l'infermiera, con dolcezza.

«Sì», rispose Rossella.

Entrarono in una stanza bianca e verde. La luce dei neon era bassa. Di fianco al letto uno stativo per la flebo, un mobiletto con due cassetti e il piano mobile per i pasti. Una seggiola. Un muro di vetro con un pannello abbassato. La porta del bagno. Un altro letto, vuoto.

«Si accomodi».

L'infermiera le indicò un armadietto dove poter sistemare i vestiti. Le disse di non preoccuparsi: il protocollo prevedeva 24 ore di osservazione in caso di possibile contagio, in attesa del referto sul tampone. Lei era giovane, non doveva pensarci più di tanto. Il gentile tentativo di alleggerire la situazione risultò goffo e ammutolì Rossella, che non parlò più, persa nella preoccupazione. Attese l'arrivo della sera e del sonno, ma questi si negò, proprio quando ne aveva più bisogno. Verso le quattro del mattino l'altro letto accolse un signore sui cinquant'anni, che non la salutò e non parlò mai. Alle sei chiuse gli occhi, sperando di riposare dai brutti pensieri almeno qualche minuto. Alle sei e quaranta sentì subbuglio nei corridoi: una signora parlava a voce molto alta. Andò avanti per un po', poi alle sette e dieci si ristabilì la tranquillità. Una serie di tre lamenti si alzò in aria verso le nove, provenendo da chissà quale camera. Poi di nuovo un surreale silenzio. L'uomo sul letto di fianco non produceva alcun suono, era immobile, con gli occhi aperti. Non se ne sentiva il respiro, non muoveva un muscolo, non si schiariva la gola. Restava fermo, immobile. Rossella ebbe la certezza che fosse morto, tanto che, quando quello si alzò per andare in bagno, lei quasi sobbalzò sotto il lenzuolo.

La dottoressa Mari non indossava il classico scafandro, quando entrò alle undici nella sua camera, ma solo guanti mascherina camice occhialoni. Aveva dei begli occhi castani, rifletté Rossella, corredati di minuscole rughe che gli aprivano e guarnivano lo sguardo.

«Il tampone è negativo», si affrettò a comunicarle. Fu un grande, gigantesco mattone che si dissolveva nel petto. Poi sua madre.

«Come sta?», chiese alla dottoressa. Quella prese tempo. Non era buono.

«La saturazione dell'ossigeno nel sangue è un po' scesa, stamattina»

«Cosa significa?»

«Al momento la teniamo in vita con il ventilatore. Tua madre è una donna forte»

Rossella strinse le labbra tra i denti, e provò a chiedere: «Ce la farà?», ma le parole non uscirono chiare.

«Devi farti coraggio. Stiamo facendo tutto ciò che è possibile»

«È lei che la tiene in cura?». Non riusciva a rispondere a quella strana confidenza con altrettanta confidenza: le venne naturale dare del *lei* alla dottoressa che stava cercando di salvare la vita di sua madre. La Mari prese un bel respiro, quasi abbozzò un sorriso e rispose che sì, sua madre era una sua paziente.

«Per favore, dottoressa. Fate il possibile. Tutto il possibile. Per favore». Fu dicendo quelle parole che Rossella capì davvero una cosa: non avrebbe rivisto sua madre, se non fosse guarita. Era vero dall'inizio, era già vero quando, il giorno prima, mamma non aveva risposto al telefono. Ma fin quando non aveva implorato quella donna di restituirle sua madre viva, non lo aveva capito fino in fondo. Qualora, diononvoglia!, sua madre non fosse migliorata, Rossella non l'avrebbe mai più rivista. Senza dirle ciao. Senza dirle *ti voglio bene, mamma*. Senza poterla abbracciare un'ultima volta. Senza accompagnarla nell'ultimo sonno senza sogni. Le avrebbero restituito un'urna funerea, con qualcosa dentro. Gli occhi di sua madre non ci sarebbero stati più. Mai più le sue braccia, le sue mani. Il suo petto, l'unico luogo al mondo in cui trovava ristoro. Sarebbe stata un'assenza del tutto fisica, non solo emotiva. Quei pensieri, Rossella li fece in apnea. Si ricordò di respirare solo quando la dottoressa Mari fece quasi per posarle una mano sulla spalla; poi la parte scientifica del suo io l'aveva anticipata. Non si può fare. Rossella aveva annotato quel gesto spontaneo, inconscio. E in quel momento di dolore assoluto, totale, straziante, ebbe tempo di capire che, in qualche strano modo, avere un rapporto quotidiano con la morte ti riavvicina alla vita.

«La ringrazio. Ringrazio tutti per quello che fate. Dal più profondo del cuore. Ringrazio soprattutto lei», disse, fra le lacrime.

«È il mio lavoro».

1 aprile – Roberto. Pesce d'aprile?

La sera di martedì 31 marzo, dopo oltre un mese di astinenza, Roberto bevve del vino e tentò un approccio con sua moglie: le cinse le spalle e le mordicchiò un lobo. La risposta fu leggermente diversa da ciò che si aspettava: Giada si scostò con un grugnito, afferrò il cellulare e si isolò.

«Ehi… che c'è?»

«Niente», rispose lei, senza staccarsi da Pet Rescue.

«Va tutto bene?»

«Sì»

«Mi dai un bacio?». Ed eccolo lì, ad elemosinare affetto, con la mente piena di pensieri e l'alito di vino. Giada gli stampò due labbra secche sulla guancia, di sfuggita. Poteva essere uno scherzo, un Pesce d'aprile per fuggire alla noia. Sua moglie non sorrise. E non parlò più per il resto della serata.

Il mattino seguente, Roberto si svegliò un po' più tardi, complice il vino ed il sonno travagliato dall'angoscia, ormai verace e scatenata compagna di letto. Giada era già sveglia e faceva la sua lezione da remoto. Cercando di fare più silenzio possibile, iniziò la sua passeggiata indoor e la sua lotta con i colombi. Tempo zero, Giada si alzò dal laptop ed entrò in sala pranzo, spalancando la porta.

«Puoi evitare?»

«Cosa?», rispose l'uomo, sorpreso.

«Tum-tum-tum. Almeno togliti le scarpe»

«Non le indosso, piccola». Giada lo fulminò, poi tornò a fare lezione. Sbattendo una seconda volta la porta. Roberto rinunciò al suo allenamento, sedette in poltrona ad osservare la sua tenda da sole. Clic, giù. Clic, su. Ad ogni smottamento, gli uccelli si rifugiavano su di un albero, all'interno del parco con l'altalena, a pochi metri di distanza dalla sua finestra. Raccoglievano altri ramoscelli, e lo fissavano con gli occhi idioti, al di là del vetro. Poi d'un tratto, sempre insieme, si lanciavano per ritentare quell'impresa impossibile, lì quasi sul soffitto del suo balcone.

Alla fine, si decise a lasciar stare i colombi. Loro, quantomeno, avevano la loro armonia.

Non avrebbe mai più dimenticato quello sguardo gelido, come si fosse impresso per sempre sul fondo delle sue retine. Diceva vorrei essere ovunque e con chiunque, tranne che qui, ora, con te.

2 aprile – Simone. L'automobilista

In Albania c'era stato un terremoto. Il Papa aveva detto che le certezze si stavano sgretolando, ma Dio ci diceva "Coraggio!". Un bambino di quattro anni era caduto dal balcone, un sessantenne era morto carbonizzato a Roma. Wanda giaceva in camera, chiusa a chiave.

Simone finì di stirare il suo pigiama e lo indossò. Era caldo, profumato ed accogliente. Wanda aveva smesso di tremare, e quel suo ansimare profondo si era fatto via via più fioco, fino a svanire del tutto. Simone aveva chiuso le due serrande ed era uscito dalla stanza, portandosi il cuscino libero. Aveva chiuso la porta dietro di sé e si era preparato una bella colazione di frutta, cereali e latte, mentre guardava SkyTG24. 110.574 casi, 13.155 decessi. Si ritrovò a sorridere amaramente mentre pensava a quante Wande dovevano esserci, in Italia e nel mondo, che non avevano più neanche la dignità di finire in quei numeri.

Versò una singola lacrima, poi sentì degli schiamazzi sopraggiungere dalla strada. Spense la tv per ascoltare meglio: era pur sempre un intrattenimento diverso. Un reality live. Si pulì le labbra con un tovagliolo, lo piegò e lo ripose in tasca. Sbaraccò il tavolo dal piattino e dalla ciotola di cereali, e ripose il latte in frigo. Poi proseguì verso la finestra della cucina. E si affacciò.

Qualcuno, sporgendosi dal finestrino di un'auto grigia, stava litigando con un ciclista. Questi aveva una sciarpa ben arrotolata attorno al viso, e dei grandi occhiali da sole neri. Non rispondeva agli improperi dell'automobilista. Simone non sapeva dire se il fulcro del contendere fosse un piccolo incidente, una disattenzione o il non essere restati a casa, come tutti invitavano a fare, continuamente. Il ciclista, sempre senza dire una parola, scese dalla bici, abbassò il cavalletto e prese a rovistare nello zaino verde militare che indossava a tracolla. L'automobilista si infuriò ancora di più, alzando la voce. Essenzialmente insulti, e nessun discorso comprensibile. Il ciclista, invece, muto. Dallo zaino apparì, ricordando l'appendiabiti di Mary Poppins, un martello. Prese a colpire l'auto con una ferocia mai vista, con rapidità, potenza e meticolosità. Quello sul sedile ci mise un po' a decidere di premere l'acceleratore, travolgere il ciclista e darsi alla fuga, lasciandolo esanime sull'asfalto. Simone alzò un angolo della bocca in uno strano sorriso, e rientrò in casa, facendo partire la lavastoviglie. Aveva pensato che non c'è niente di più rassicurante che renderti conto che il mondo è più pazzo di te.

3 aprile – Luca. Desedazione
Dopo oltre una settimana di isolamento, i medici del carcere iniziarono a diminuire la percentuale di farmaci nel corpo di Luca. E questo non gli fece bene. Ogni singolo dolore che avvertiva si intensificò fino a diventare insopportabile. Si lamentava, soprattutto durante la notte.

Nessuno veniva a controllare, e in fin dei conti non se lo aspettava; aveva ricordi confusi della rivolta, ma era convinto di averne fatti fuori almeno un paio, preda della furia. Ora si ritrovava a chiedersi delle loro famiglie, se avessero figli. Nessuno sarebbe venuto a controllarlo.

Aveva sentito due infermieri parlare del virus. Forse una guardia era risultata positiva al tampone. Durante l'ultima visita, il dottore era entrato tutto bardato di guanti e mascherina. Gli aveva infilato, senza andare troppo per il sottile, un bastoncino nel naso. Se lo era sentito fino al cervello, quel cazzo di coso, mentre i secondini lo tenevano per le braccia. Nessuno era più venuto.

Aveva perso del tutto il conto meticoloso dei giorni che gli restavano. Erano probabilmente aumentati. Chi poteva saperlo. Non pensava neanche più tanto ad Alì; quello se la sarebbe cavata, e poi in fondo chissenefrega. Le giornate – per quel che ne poteva sapere, laggiù, in quella penombra eterna – proseguivano lente e noiose, accompagnate solo dai dolori. I pasti e l'acqua gli venivano consegnati attraverso una piccola apertura della porta, sul pavimento sporco. Non c'era più nessuno nelle celle di fianco. Avrebbero davvero continuato a farlo?

4 aprile – Pietro. Fase 2?
119.827 i casi totali registrati dall'inizio della crisi. 14.681 i decessi. Ma sua moglie non aveva chiesto niente delle macchie del sangue cinese, e la camicia gli era stata restituita linda e stirata. Meglio. Nel frattempo, si avvicinava la fine della quarantena. Al 13 di aprile la vita sarebbe in qualche modo tornata normale. Suo figlio la stava vivendo bene, sua moglie era quello che era, ma Pietro non ce la faceva più. La reclusione forzata lo faceva ribollire, se lo sentiva sotto la pelle. Non si teneva. Sedere in poltrona aveva il potere di farlo stare peggio, il balcone era troppo stretto per sostare più di due minuti, la camera da letto

oppressiva e immobile, la tv noiosa, monotematica, anche nelle pubblicità: non c'era più una sola auto, in tv; solo virus virus virus.

Era sull'orlo. Forse un passo avanti.

5 aprile – Rossella. Guangchan

Sua madre si era spenta nella notte. La dottoressa Mari insisteva col dirle che non aveva sofferto, ma i racconti più tragici della pandemia parlavano di morti molto brutte, da soffocamento. Utilizzando per la prima volta nei loro due incontri un linguaggio formale e prettamente medico, la dottoressa cercava di convincerla che i farmaci avevano attenuato il dolore, ma il corpo alla fine aveva ceduto. Era l'iter di quel virus maledetto.

Suo padre invece reagiva bene. Era in isolamento nel reparto di infettivologia, e avrebbe potuto parlargli attraverso un interfono ed un muro di vetro. Rossella non ebbe molto da dirgli. Si guardarono e piansero, impotenti. Le avrebbero consegnato un'urna contenente i resti di sua madre entro pochi giorni, una settimana al massimo. Pensò di chiedere a suo padre come comportarsi, cosa fare di quei resti. Pensò poi che parlare concretamente di morte ad un vecchio uomo, fresco vedovo, per di più chiuso in una prigione di vetro, non fosse il massimo della vita.

la vita

Non fecero altro che guardarsi, in quei pochi minuti di *contatto* che una forzatura al protocollo aveva elargito. Poi Rossella spedì un bacio pieno di lacrime al di là del vetro, suo padre tornò a stendersi controvoglia, come incollando il suo sguardo negli occhi di lei, e la donna uscì dal reparto. Scese il piano di scale in trance, un gradino alla volta: le sembrò che lasciare quel luogo equivalesse *davvero* a dire addio a sua madre, per sempre. Poi si disse che era già successo, era già verità. E una bella parte di lei ne era cosciente già da tempo. Fuori dal padiglione di infettivologia regnava una pace irreale. Gli alberi erano ancora secchi, in ritardo per quella primavera indimenticata. Qualche uccello in più, rispetto al solito, passava da ramo a ramo. Il cielo grigiastro, la temperatura mite, l'aria umida come a preannunciare l'arrivo della pioggia. E quel senso di vuoto al suo fianco, che l'avrebbe accompagnata per il resto dei suoi giorni. Rossella fece un sospiro scaglionato, come se l'ossigeno non avesse del tutto intenzione di compiere il suo dovere. Fu in quel momento che notò qualcuno attraversare lo spiazzale. Un ragazzo. Su una sedia a rotelle. Aveva un'aria familiare. Era asiatico. Cercare di capire chi fosse fu il primo processo *normale* che la sua mente affrontava da giorni. Era davvero giovane, ma era solo. Quello la vide e fece un gesto di saluto con la mano.

«Ciao Rossella, che ci fai qui?». Non era arretrato, non aveva esitato. Si era comportato *normalmente*. Oppure non aveva pensato, per un momento, al virus, dietro la sua mascherina a fiori e i guanti di nitrile neri. Sedeva in sedia a rotelle, e avanzava. Era Guangchan, il ragazzo che al pomeriggio veniva con i suoi amici al bar, in un passato che ora sembrava davvero remoto.

«Mia madre», riuscì a dire Rossella. Poi il fiato le mancò. Negli ultimi tempi, era persino riuscita a far pace con l'idea che la madre se ne sarebbe andata via. In qualche strano modo.

«M-mi dispiace», rispose Guangchan. E poi, con abile mossa: «Che strano momento per essere al mondo».

«Già»

«Tu come stai?»

«È una cosa strana. Non penseresti mai che una madre possa andarsene. Eppure lo sai, lo sai già»

«Pensare una cosa non equivale a viverla», rispose Guangchan. E poi aggiunse: «Mi dispiace davvero tanto».

Rossella tirò su col naso. «Tu invece come mai sei qui?»

Anche quello spiraglio poteva essere utile. Si sentiva bene: aveva almeno tre costole incrinate, ma si sentiva bene. Una specie di miracolo. Lo avevano tenuto in osservazione per quarantotto ore, poi lo avevano spedito a casa. Era in ospedale per un controllo: routine. La sedia serviva a non sovraccaricare la schiena, ma si sarebbe alzato entro poco tempo – a dirla tutta, camminava già benino. Pensò di raccontarle l'accaduto. Qualsiasi cosa, pur di distrarla.

«Eh, un bastardo di vicino. Mi ha pestato per bene»

«Oddio! Cos'è successo?»

«Mi ha incrinato qualche costola, ma non sto male. All'inizio respirare era un po' faticoso» *questo non dovevo dirlo* «ma le cose si stanno sistemando»

«E il tuo vicino?»

«Non ho idea di che fine abbia fatto. Forse l'hanno arrestato, non so»

«Sant'Iddio... Ma proprio in questo periodo? Ma poi che ci facevi in giro?»

«Può darsi che fosse ancora più sotto pressione. Pensa che ero uscito per comprarmi del Campari»

«Negroni?»

«Yes» e, dopo una piccola pausa: «Sarai anche stravolta, ma stai davvero bene»

«See, ricordati che potrei essere tua madre»

«Sempre piaciute, le MILF»

«Certo» e così dicendo, Rossella prese a spingere Guangchan fino all'uscita del complesso ospedaliero. Lungo la strada, parlarono della situazione mondiale e di quella italiana, dei disastri degli altri Paesi. Pensò di passare dal bar, per dare un'occhiata e brindare alla salute di sua madre, che non disdegnava un bicchiere di rosso, di tanto in tanto. Bello corposo. Non le dispiaceva l'idea di avere compagnia. In ogni caso, erano entrambi protetti.

15 aprile – Martina. Zoom

165.155 casi. 21.645 decessi. Sua madre e suo fratello erano ok.

Pasqua e Pasquetta erano passate, e la famosa Fase 2 non era mai iniziata, rinviata al 4 maggio. Poco male, aveva pensato Martina: cosa cambia? I grandi nomi continuavano a contendersela, anche in piena pandemia. Il distanziamento sociale non equivaleva ad una sparizione social: Martina era attivissima. Se possibile, più di prima. Si svegliò presto, quel mattino, com'era solita fare. Caffè, succo d'ananas e venti minuti di meditazione. Poi qualche esercizio con l'app Naik Training Community, colazione proteica di sgombro e uova ed estratto di kiwi, arancia e fragole. Era pronta per cominciare.

Si era accordata con la Adidoi per venticinque dirette sulle nuove canotte in trenta giorni, ed era un po' in ritardo sulla tabella di marcia. Alle 9.30 doveva tenere la Masterclass per la Fitness Faktory su Zoom, consegnare dodici selfie alla Lievissima entro sera e controllare i messaggi su Messenger, che ormai non apriva da almeno un mese; la giornata passò veloce, così intensamente che per le 21:00 Martina ronfava sonoramente sul divano, in una posizione che la sua personal trainer non avrebbe mai approvato. Soprattutto per la fascia lombare.

22 aprile – Roberto. Patchwork

187.327 casi. 25.085 decessi. Giada stava benone, anche se non parlavano più molto.

Roberto invece aveva mollato. Dopo due mesi di reclusione, e la consegna di tutti i lavori aperti, l'unica che si era fatta sentire era Martina, per un patchwork di selfie su A3: gli aveva occupato un'oretta. Non aveva chiesto un solo euro per una cosa del genere. Degli altri, nessuna traccia. Era più che comprensibile: gli eventi erano saltati tutti, come le tessere di un domino a formare la scritta *edorailmutuo?*

Le giornate scorrevano troppo lente. Beveva. Molto. La voglia di tornare fuori era diventata difficile da sostenere.

Gli mancava il set, gli mancavano le dispute sul cinema. Gli mancava l'aria. Giada, al contrario, appariva sempre raggiante e sicura nelle sue lezioni a distanza. Poi, quando abbassava lo schermo del notebook, si aggirava per casa senza curarsi di lui. Era dimagrita parecchio. Non mangiava quasi mai: alla sera, spiluccava due patatine direttamente dal sacchetto, o prendeva un piccolo yogurt dal frigo. Nulla durante il resto del giorno. La cosa non l'aveva resa più sexy. Uno strano, perfido desiderio di un qualcosa simile alla vendetta si era fatto strada in luoghi così segreti del suo io che Roberto non l'avrebbe ammesso neanche a sé stesso. Un desiderio di punirla. Poi quel giorno arrivò il selfie di Chiara, accompagnato da tre semplici parole
. *che ne dici*
Significavano tutto e niente. Senza punto di domanda. Senza spiegazioni. Senza reggiseno. Con una mano sbarazzina che abbassava una mutandina di pizzo nero a fasciare – se possibile ancor di più – una coscia perfetta.

Tutto questo, Roberto lo aveva visto dall'anteprima del messaggio WhatsApp. Non aveva avuto il coraggio di fare tap, con il dito. Non era la prima volta che riceveva o vedeva qualcosa di simile, e i rapporti con Chiara si erano sempre mantenuti su un piano amichevole, ma professionale. Era il tempismo che era sbagliato. Mai, neanche per un secondo, aveva pensato alla possibilità di tradire Giada. E le opportunità non erano mancate. Ma Giada era splendida, esuberante. Fungeva contemporaneamente da senso e da scintilla. Gli sarebbe piaciuto poter dire che era la persona giusta per affrontare la quarantena; lo avrebbe voluto con tutto il cuore. Qualcosa, però, si era rotto, forse definitivamente. Il virus aveva trascinato via quella malizia, quell'intesa pressoché perfetta che li aveva caratterizzati fin lì, rendendoli oggetto di invidia da parte di tutti, tra conoscenti, amici e famigliari. Aprire quella fotografia era sbagliato. Ma chi avrebbe resistito?

L'uomo si mise davanti al Mac e rilanciò Photoshop, per dare l'ultima controllata alla serie di selfie di Martina. I bordi erano ben allineati. Poté cancellare le linee guida. Martina era davvero brava, in ogni caso: gli consegnava lavori puliti, scatti ottimi (limitatamente alle possibilità di uno smartphone) e un progetto chiaro. Assecondarla in quelle richieste era davvero semplice. Applicò una maschera di contrasto per la pubblicazione web e preparò il WeTransfer. In quel momento, Giada sgattaiolò davanti alla porta dello studio. Roberto fece clic su Trasferisci e restò in silenzio, cercando di intuirne le intenzioni. Sentì cassetti aprirsi, ante dell'armadio. Qualche vestito, forse una camicetta, scivolò molto silenzioso sulla pelle di Giada. L'uomo restò a fissare la porta dello studio, aspettando di vederla passare. Ci vollero alcuni attimi. Sentì lo spruzzo del profumo: Giada stava per uscire. Ne ebbe conferma subito dopo, quando ripassò di fronte allo studio e imboccò l'uscio di casa, calzando i guanti. Non lo aveva salutato. Aprì WhatsApp.

Chiara era persino più bella del solito. Oppure quel fascio di luce, isolato, che le colpiva metà seno e la corona del capezzolo era proprio azzeccato. L'uomo fu combattuto tra le due ipotesi. Non pensò che l'astinenza poteva aver – come dire? – ammorbidito taluni gusti, esaltando il desiderio.

. splendida luce
Chiara sta scrivendo…
Era stata tutto quel tempo ad aspettarlo?
. si non mi intersessa la luce
Lo sventurato chiuse gli occhi e sospirò. Poi rispose.

25 aprile – Simone. Finire
195.351 i contagi. 26.384 i decessi. 26.385, contando Wanda, di là.

Il Sig. Bondi gli aveva fatto capire, senza mezzi termini, che non avevano più bisogno di lui. I licenziamenti erano sospesi per decreto, ma Simone non avrebbe mai più rimesso piede nella Technologies Inc.. Cassa in Deroga fino a fine emergenza, o fin quando possibile. Se necessario, ferie arretrate. Poi il licenziamento. La telefonata si era chiusa con un *facci causa*.

Non che Simone avesse poi avanzato chissà quali proteste; aveva ascoltato, per lo più. Ascoltava la sua vita lavorativa andare in pezzi, ed essenzialmente non gli importava. Così come non gli importava il cadavere di sua moglie in camera da letto: per l'odore, si era organizzato con degli strofinacci imbevuti di candeggina. Quando questi si seccavano, li sostituiva con quelli nuovi, ripetendo il procedimento. Aveva trovato il posto giusto per due scatole di bicarbonato, una vicina alla porta d'ingresso della camera, l'altra appena al lato del letto. Poi aveva bucherellato un vecchio barattolo da conserva e lo aveva riempito di caffè appena macinato. Ognuna di queste trovate andava meticolosamente sostituita ogni tre giorni, alternativamente (un giorno gli strofinacci, un giorno il bicarbonato, quello dopo il caffè). Il progetto funzionava.

Simone accendeva la tv, veniva aggiornato sul mondo (in USA i morti erano più di 53.000), guardava qualche trasmissione e teneva pulita la casa. Non aveva difficoltà ad ignorare le ambulanze e le campane, lui. Ma il 25 aprile, giorno della Liberazione dal nazifascismo, mentre i suoi vicini, sui balconi, intonavano Bella Ciao, Simone si vestì di tutto punto, si guardò allo specchio, dichiarò alla casa vuota «l'importante è finire» ed ebbe una visita inaspettata. Chiara entrò nel suo salotto indossando una veste bianca, leggera e trasparente. Non indossava alcuna biancheria. Gli si avvicinò, gli prese una mano e se la posò su un fianco. Lo fece alzare, abbozzò due passi di una polka immaginaria, gli baciò le labbra e aprì la finestra. Lo accompagnò fino alla fine della stanza, poi gli prese il volto tra le mani.

«Vuoi scoparmi, prima?»

Simone non sorrise. Non fiatò. Restò a guardarla. Scosse, lentamente, la testa, tra quelle mani lisce e profumate. Mani che lo aiutarono a salire sul montante della finestra. Mani che gli pizzicarono un gluteo. Mani che lo spinsero di sotto.

Attraversando i sette piani che lo separavano dall'asfalto, Simone ebbe molto tempo per pensare, e lo impiegò nel migliore dei modi. Invidiò le vite perfette di tutti quegli esseri umani che, al di là di tende che scorrevano lente come nuvole di ricordi, si amavano sinceramente. Rinnegò i giorni che aveva sprecato senza impegni: avrebbe dovuto lavorare di più. Produrre. E consumare, anche. Volle d'improvviso aver comprato più cose, visto più posti, parlato di più con le persone. Avrebbe voluto andare al ristorante più spesso. Ebbe il tempo di sognare, e nel sogno Chiara era Wanda e Wanda era Chiara, erano due e una, erano mogli, e moglie e marito, vivevano insieme, si fondevano, e lui finalmente diceva sì. Sì, certo che voglio, voglio sceglierti, voglio scegliere di cavalcare il serpente fino all'alba con te, Chianda.

È stata la vita più bella ch'io abbia mai conosciuto.

Che il virus sia benedetto!

1 maggio – Guangchan. Rossella

Si è tolto la vita sparandosi con un fucile da caccia dopo aver fatto fuoco sulla moglie e il figlio tredicenne. L'orrore si è consumato alla periferia di Milano. L'uomo, Pietro Rimoldi, cinquantaquattro anni, incensurato, secondo gli inquirenti soffriva di depressione da quarantena. A darne la notizia i responsabili della Technologies Inc., leader del settore, che solo una settimana fa piangevano un primo suicidio: risale infatti a sabato venticinque aprile la tragedia dell'impiegato lanciatosi dal settimo piano di un palazzo, tragedia in qualche modo tinta di mistero, a causa del cadavere di una donna, moglie dell'impiegato suicida, ritrovata in casa. La donna era deceduta da giorni quando ne è stato rinvenuto il corpo. La morte, ed è notizia confermata dall'autopsia, sarebbe stata causata dal virus.

E restando in tema di virus, continua la drammatica conta dei nuovi casi (207.428) e, ed è fatale, dei morti, 28.236. E sembra sempre più lontana l'ipotesi del riavvio del campionato di Serie A...

Mancavano solo tre giorni alla riapertura. Guangchan, d'accordo con Maurizio, sarebbe tornato al lavoro il lunedì seguente. Alla ricerca di una specie di normalità. Il suo giovane corpo stava reagendo molto bene alla riabilitazione, si sentiva pronto. Anche la ferita al braccio si era rimarginata in fretta. I medici avevano fatto un ottimo lavoro, considerando che, mentre rantolava per terra, era riuscito a vedersi l'ulna. Per poco non era svenuto. Invece le costole gli facevano molto meno male, e il coccio di vetro non aveva toccato niente di importante.

Quel tipo. Quel tipo che si era fatto schizzare gli occhi fuori dalle orbite con un Beretta, anche se Guangchan non lo sapeva. Quello che aveva deciso di darci un taglio molto netto, portandosi dietro moglie e pargolo. O comunque provandoci.

Dopo quello strano e bellissimo pomeriggio nel bar di Rossella, chiuso al pubblico e aperto alla loro intimità, non aveva più rivisto la donna. Si erano però sentiti e, un paio di volte, videochiamati. Stava nascendo qualcosa? Guangchan credeva di sì. O almeno, ci sperava.

Folle. In piena pandemia.

Non malediceva in alcun modo quel tipo. Non aveva rabbia, verso quell'uomo pazzo. Sentiva solo sgomento. Un gigantesco perché senza una plausibile risposta.

4 maggio – Pier. Maria
«Stai bene, ma'?»
211.938 casi.
«Sì, Pier»
29.079 morti.
«Tu come stai?», chiese Maria.
«Così. La schiena», rispose suo figlio.

Pietro non era stato molto preciso, quando aveva deciso di colpirli. Il Beretta calibro 12 aveva 5 colpi a disposizione, prima della ricarica. Due erano andati a vuoto, nel frastuono confuso del suo raptus. Uno aveva colpito sua moglie Maria ad uno zigomo, ma solo di striscio, mancando miracolosamente l'occhio o, peggio, la testa. A Pier era andata peggio: la pallottola gli aveva spappolato un rene. I dottori avevano provato a salvare il salvabile, poi avevano deciso di rimuovere l'organo. L'ultimo regalo di Pietro.

Stavano così, nella stessa stanza, la madre seduta sullo sgabello, il figlio bardato dal lenzuolo, nell'Ospedale che non si occupava dell'emergenza virus.

Uno dei pochi.

18 maggio – Rossella. Il bar

225.886 casi. 32.007 morti.

Suo padre l'aveva aiutata per l'eredità. Si era trattato, in fondo, di mettere una firma di fronte ad un notaio e passare in banca: una pura formalità. Per l'incasso di circa sessantamila euro. Una boccata d'ossigeno. E un profondo dolore.

25 maggio – Luca. Un giudice

230.158 casi. 32.877 morti.

Luca finì davanti al giudice un lunedì mattina. La luce del sole, intravista per un lasso di tempo brevissimo prima di salire sul furgone della polizia, lo travolse e lo accecò. Più dolorosa fu però quella decisione, che prolungò per altri otto anni e sei mesi (per un totale di 3103 giorni) la sua detenzione, ritenendolo colpevole di tutti i capi d'accusa. Luca tenne lo sguardo basso per tutti il tempo di quello che non era un processo, ma l'inutile attesa di una punizione già scritta.

Pensò ad Ali.

Pensò a quelli che erano riusciti a fuggire, godendo di un po' di libertà, magari conclusasi dopo pochi giorni.

Pensò al suo cane, Billy.

Pensò a quelli che combattevano contro il virus, medici e infermieri, ma anche malati.

Pensò a sua moglie. Imma che era morta. Per colpa sua.

Non aveva mai desiderato così tanto rivederla, almeno per un'ultima volta.

30 maggio – Martina. Compleanno

232.664 casi. 33.340 morti.

Sua madre l'aveva chiamata al mattino presto *grazie, ma'*, svegliandola dal primo vero sonno profondo da mesi. Suo fratello *bravo lui* aveva optato per l'ora di pranzo. Martina si era procurata una bottiglia di Mumm e una torta al cioccolato senza glutine. *'na botta di vita*, per trascorrere il compleanno più solitario della storia. Volontariamente. Seguì con passione il lancio della Crew Dragon di SpaceX dal Kennedy Space Center con a bordo due astronauti americani, e la vittoria di Elon Musk nel rilanciare il progetto spaziale americano.

2 giugno – Roberto. Il vino

Quando Giada si svegliò, lo trovò completamente ubriaco. Erano solo le 8.30 del mattino, Roberto non si era coricato. Aveva gli occhi a mezz'asta, disteso sul divano, con la tv che mostrava alcune immagini di repertorio di George Best. Bofonchiava. Era a metà tra il sogno e la ragione. Forse stava litigando con qualcuno.

La donna pensò che fosse finita. Pensò anche che fosse il caso di comunicarlo, con lucidità e pazienza. Non appena si fosse ripreso.

8 giugno – Rossella. Giacomo

Si guardarono per alcuni secondi, prima di sciogliere la commozione. Non si vedevano da tre mesi, sembrava passata un'eternità. Giacomo sorrise, con le labbra tremanti, e la strinse come una sorella di ritorno da un viaggio lontano. Rossella si abbandonò a quell'abbraccio come fosse un sole caldo in un pomeriggio di gennaio. Piansero, risero, dissero mille volte sì con la testa. E riaprirono il bar.

Giacomo la aiutava ormai da tre anni. Si dividevano i turni, anche se soffrivano entrambi della stessa malattia, e cioè quella tendenza vampirica a scambiare il giorno con la notte, prediligendo decisamente quest'ultima.

Scherzavano spesso giocandosi a morra la sventura dell'apertura, l'indomani. Chi vinceva poteva restare in giro a bere. Chi perdeva spesso accompagnava il vincitore.

Rientrare per le pulizie in quel luogo così stantio, ma famigliare, a suo modo accogliente, fu motivo di emozione. Una ritrovata normalità. Giacomo partì solerte con scopa e straccio, Rossella si occupò del bar. Fece fuori qualche succo di frutta andato, e già che c'era buttò vecchi amari e sciroppi. Dopo qualche ora, gli specchi brillavano e l'ambiente era pulito e profumato. Si occuparono poi della macchina del caffè: la nuova, un gioiellino della Franze, sarebbe stata consegnata in pochi minuti.

Fecero sparire i vecchi arredi dalle pareti, sostituirono tavoli e sedie. Il bar sembrava più grande, spazioso, luminoso. Futuristico.

15 giugno – Guangchan. Il bacio

Guangchan entrò nel nuovo Bar Loft con gli occhi pieni di meraviglia. I racconti dettagliati dei lavori che Rossella e Giacomo stavano eseguendo non potevano rendere giustizia a quanto accogliente, caldo e frizzante fosse diventato quel posto che aveva osservato il loro primo bacio. Il ragazzo prese Rossella fra le sue braccia e la baciò l'ennesima volta.

«Voi due!», tuonò Giacomo da dietro il bancone.

«Raga, complimenti davvero. È uno spettacolo. È pazzesco, sul serio!»

«Vieni, ti faccio vedere una cosa»

Al posto del vecchio biliardo sdrucito stava ora un bancone separato, circolare, dedicato esclusivamente a rhum e gin, delle migliori marche. Tutt'attorno, luci al led nascoste che sembravano colorare il legno. Dall'alto scendevano tumbler e balloon come una cornice di diamanti illuminati. Rossella prese posto, si fece sorridente e professionale, e preparò tre Negroni coi fiocchi.

4 luglio 2020 – Giada. Roberto

241.419 casi. 34.854 morti.

Giada aveva atteso troppo. Il rapporto era finito da un pezzo. Comunicavano a grugniti, quelle poche volte che le ore di veglia corrispondevano. Roberto aveva mollato. Non lavorava, stava andando a fondo. La cosa doveva chiudersi lì.

Certo, e la casa? E le famiglie? Proprio in piena pandemia, poi… dove sarebbe andata? I soldi bastavano a malapena. Sì, ma ora Roberto non lavorava più. Non produceva. Non rispondeva al telefono, quando qualcuno lo chiamava. E per fortuna: sarebbe stato solo in grado di biascicare. Stava a lei trovare una soluzione.

Giada aveva atteso troppo. E avrebbe atteso ancora un po'.

27 luglio 2020 – Martina. Destinazione Marte

La sonda cinese Tiān Wèn-1 era partita il 23 luglio, l'americana Mars 2020 avrebbe iniziato il suo inseguimento a breve. Destinazione: Marte. Intanto, nel mondo si contavano 648.966 morti su 16.264.048 di casi. Martina seguiva con piacere questa rinnovata corsa allo spazio, come una speranza, un faro lontano ma già ben visibile, lì all'orizzonte.

25 dicembre 2020 – L'ultimo bacio

Roberto e Giada si erano separati già da un mese, quando si rividero per il pranzo di Natale. Di comune accordo, avevano deciso di dare un ultimo contentino alle famiglie. Si salutarono molto freddamente, con un guancia a guancia da perfetti sconosciuti, ognuno/a convinto/a che l'altro/a fosse il Male. Le famiglie, amorevoli, li avevano sistemati al tavolo, l'uno accanto all'altra. Roberto attaccò presto il vino bianco.

Dopo il brodo con il cardone, l'uovo e le polpettine fu il momento dei ravioli. Ed in quel preciso istante, mentre il primo sugo perfetto e la ricotta saporita scendevano lungo l'esofago dell'uomo, il mondo ebbe la notizia che aspettava da molto, moltissimo tempo:
BREAKING NEWS: NODENA OFFICIALLY RELEASES COVID-19 VACCINE
Il cronista a stento tratteneva la gioia, la voce gli si fece garrula, con femminee punte alte da far tremare i timpani. Nulla rispetto al delirio che esplose nelle case di tutto il mondo. Il più bel regalo di Natale che si potesse immaginare. Giada abbracciò sua madre così forte da toglierle il fiato. Il padre di Roberto ruppe due bicchieri, esultando come se l'Italia avesse vinto i mondiali di calcio. Suo figlio, in un angolo, non parlava: si sentiva un groppo in gola, stentava a crederci. Giada si asciugò le lacrime, lo guardò e lo raggiunse, lì, in quell'angolo di un mondo distratto, lontano da tutti.
«È davvero finita?»
Roberto tossì.

31.07.2020